David Menéndez

EL BARCO DE VAPOR

Los Héroes de Kalanúm

Javier Negrete

Sobre una idea de
Jose Negrete

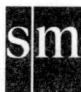

Colección dirigida por Marinella Terzi
Imagen de cubierta: Joaquín Reyes

© Javier Negrete, 2003
   Sobre una idea de Jose Negrete
© Ediciones SM, 2003
   Joaquín Turina, 39 - 28044 Madrid

ISBN: 84-348-9538-2
Depósito legal: M-20832-2003
Preimpresión: Grafilia, SL
Impreso en España / *Printed in Spain*
Imprenta SM - Joaquín Turina, 39 - 28044 Madrid

Para mi hija Lydia.
«Lo tengo todo y lo cambio por...
un ratón en tu habitación.»

CARLOS

ME llamo Carlos Medina y a partir de ahora voy a ser el autor de las novelas en las que aparecen los Héroes de Kalanúm. Solo tengo trece años y soy nuevo en el oficio de narrador, así que espero que me disculpéis si se me nota un poco. Para empezar, voy a intentar contaros por qué Miguel Medina, mi padre, dejó de escribir los relatos de Kalanúm hace tres años y le vendió su alma a Keio.

Tengo que confesaros que mi padre me ha echado una mano. No solo ha corregido la redacción y alguna que otra falta de ortografía, sino que él mismo ha escrito algunos capítulos en los que yo no aparezco. Seguro que os dais cuenta de cuáles son.

Al principio del todo, cuando las cosas empezaron a ir mal, cuando se acabaron los Héroes de Kalanúm, cuando nació Keio y empezó a crearnos problemas a todos, yo solo tenía diez años y aún iba al colegio en vez de al instituto. Ya llevaba casi medio año apuntado a kárate y estaba impaciente por conseguir el cinturón negro para enfrentarme a bandas de matones. También me gustaba dibujar, aunque no lo hacía tan bien como mi madre, que era la que ilustraba los libros de Kalanúm.

Poco más puedo contaros de mí. El que de verdad hacía cosas interesantes era mi padre. Antes de que yo naciera, había empezado a escribir novelas cortas de aventuras y fantasía. Poseía tanta imaginación que había llegado a inventarse un mundo entero con sus mares y sus tierras, lleno de reinos y pueblos exóticos. El mundo se llamaba Kalanúm, y en él ganaban los buenos, porque mi padre decía que le indignaba que en la vida real triunfara tanto canalla y desalmado y que él no iba a consentir que sucediera lo mismo en sus libros.

Pero los Héroes no eran unos buenos perfectos, como ese típico bobalicón de las películas que, cuando el malo se queda colgado de la punta de los dedos al borde de un precipicio, todavía intenta salvarlo. No: los Héroes de Kalanúm, aunque poseían grandes poderes, eran como las personas de verdad, e incluso tenían sus defectos. Cronarca, el Señor de la Magia, se creía el más poderoso de todos, estaba convencido de que los demás debían obedecerle y se quejaba de que nunca le hacían caso. Kimbur, el hombre más fuerte del mundo, no pensaba en otra cosa que en comer, y más de una vez había puesto en peligro a los demás por zamparse un buen jamón o una pata de cabrito asada. Petrazio, el jefe de los Héroes, se creía un seductor irresistible, así que a veces se ponía muy pesado con las mujeres.

Áblopos, el hombre invisible, sentía pánico por las enfermedades y además, todo hay que decirlo, a veces era un pelín gallina.

Pero tenían momentos increíbles, sobre todo cuando lograban burlar a la bruja Melania, que estaba convencida de ser la reina legítima de todo Kalanúm. Y siempre sabían unirse para vencer, por muy difícil que se lo pusieran sus enemigos.

Es curioso: mi padre primero los metía en líos y luego se quebraba la cabeza para sacarlos de ellos. A veces se quedaba atrancado en un capítulo y se dedicaba a dar paseos por la casa, gruñendo entre dientes como un bulldog afónico. Mi madre le sugería que volviera a las páginas anteriores y que las retocara para no meterlos en tales embrollos, pero él se negaba a hacer trampas. Creía en sus historias como si sucediesen de verdad. Según él, si los Héroes de Kalanúm se veían en un atolladero ya no había marcha atrás. Tenía que encontrar alguna manera de que salieran del peligro, pues si no podían ser derrotados, o incluso morir. Él no estaba dispuesto a fallarles; y al final, aunque pasara dos días sin dormir, siempre se le ocurría alguna solución.

En eso le ayudaban los poderes de los Héroes. Cronarca podía dominar mentes simples, controlar el tiempo para que pasara más rápido o más lento, o atacarte con una nevada en pleno verano. Petrazio no conocía rival manejando la espada y gracias a su agilidad era capaz de trepar por la pared de un torreón o saltar como un gato de un tejado a otro. Áblopos podía hacerse invisible y además se movía con el sigilo de una pantera: en todo Kalanúm no había otro como él para colarse en la fortaleza más vigilada o apoderarse del tesoro más escondido. Y Kimbur tenía tanta fuerza, por lo menos, como veinte hombres o, según mi amigo Iván, como un elefante africano.

A mí me gustaban mucho los relatos de Kalanúm. Cuando mis padres estaban fuera de casa, entraba a hurtadillas en el estudio y hojeaba los cuadernos de espiral en los que escribía antes de comprarse el ordenador. A veces me pillaba, y al principio se enfadaba conmigo, porque no le gustaba que nadie leyera sus libros cuando estaban a medias. Pero luego se acostumbró y me contrató como crítico a cambio de una pequeña paga. Yo de estilo literario y de argumentos no entendía mucho, pero sí sabía decirle cuándo una pelea me gustaba, cuándo un plan me parecía convincente o cuándo los Héroes hablaban como personas de verdad y no como personajes de una serie cutre de domingo por la mañana.

Recuerdo que por la última novela a la que le hice una crítica me dio mil pesetas. Aquel día pude pagarme el cine y el metro, y me fui a ver *El Señor de los Anillos* por cuarta vez. Luego, mi padre se forró con Keio y me daba mucho más dinero por no hacer nada, pero a mí ya no me hacía ilusión.

Recuerdo que el estudio era mi lugar favorito y que cada vez que podía me colaba en él. Las paredes estaban empapeladas con las ilustraciones de mi madre. Ella las hacía a carboncillo, plumilla y acuarela, en todos los tamaños. Mis favoritas eran:

- Un retrato de Melania, la bruja, que me parecía guapísima con la melena negra y los ojos violeta, aunque también me daba un poco de miedo.
- Un dibujo de los cuatro Héroes juntos, casi como un equipo de baloncesto.
- Una acuarela de Terópolis, el castillo volador que les servía de cuartel general, con sus pináculos aguzados, el emblema de los Héroes ondeando en el torreón y, en la base, la piedra magnética en forma de cúpula invertida que lo hacía levitar.
- Y, sobre todo, un gran mapa de Kalanúm que habíamos envejecido entre mi madre y yo, con aceite y un mechero, de tal forma que parecía auténtico, y en el que cada ciudad, cada río y cada bosque estaban dibujados con todo detalle.

Me sabía de memoria aquel mapa. En aquel tiempo creía que podría orientarme en cualquier lugar de Kalanúm, de noche, con niebla o con nieve. Luego descubrí que sobre el terreno no era tan fácil.

Pero no quiero adelantarme. Primero tenéis que saber por qué mi padre dejó de escribir novelas sobre Kalanúm.

EL SECRETO DE KALANÚM

CAPÍTULO 13

...No era la primera vez que Arfagacto, Bibliotecario Mayor de Kalanúm, se veía cara a cara con la hechicera Melania. Hasta entonces se habían encontrado a plena luz, en las lujosas recepciones del palacio del Consejo o bajo la gran vidriera de la biblioteca de Demiuria. Incluso en aquellas ocasiones, aunque Arfagacto se sentía a salvo, la mirada de aquella mujer le provocaba escalofríos, como si alguien le pasara una aguja de hielo por la nuca.

No, no era la primera vez que se veían, pero ahora la situación había empeorado infinitamente. Arfagacto se encontraba en el último lugar que un kalanumés sensato habría elegido: las oscuras mazmorras del castillo de Tinmar, la sombría fortaleza de la que emanaba el poder de Melania.

La decoración del lugar no contribuía a tranquilizar su espíritu: una celda húmeda excavada en la roca viva, un criadero de ratas y moho apenas alumbrado por las llamas temblorosas de una antorcha. Sin consideración a sus años, lo habían colgado de dos grilletes oxidados, a una altura calculada para que no alcanzara el suelo ni poniéndose de puntillas.

—Tienes un aspecto patético, anciano –le dijo Melania–. Me inspirarías lástima si conociera tal sentimiento.

A Melania le gustaba recrearse en el sonido de sus palabras. Era dueña de una voz grave que, junto con el brillo amatista de sus ojos, producía un efecto hipnótico e inquietante. La acompañaban, para colmo, sus dos esbirros más siniestros: Rautas, un guerrero de dos metros y medio de altura que tenía una mano de basalto con la que aplastaba cráneos como quien revienta un melón maduro, y Turumno, el hombre león con el que la propia Melania tenía que usar el látigo para refrenar sus instintos de carnicero.

Todo eso bastaba para aterrorizar a Arfagacto, quien consideraba una aventura muy peligrosa encaramarse a una escalera para pasar el plumero por los anaqueles más altos de su biblioteca.

—Doña Melania...

—Para ti, Augusta Excelencia Real.

—Por favor, Augusta Excelencia Real, yo no...

—¡Por favor! ¡Olvida esas dos palabras, viejo idiota! ¿Cómo se te ocurre pedirle algo *por favor* a la mismísima reina del mal?

Melania enarcó la ceja derecha, dilató las ventanillas de la nariz y alzó la barbilla para acrecentar la impresión de poder y dignidad. Arfagacto se estremeció de pavor aunque, como hombre instruido que era, sabía que su miedo no se debía solo a la pose de la bruja, sino también a un hechizo atemorizador de la clase verde.

—Será mejor para tus reumáticos huesos que hables, anciano, o de lo contrario haré que te estiren en el potro hasta que parezcas una jirafa de mar.

—¡Soy demasiado viejo para eso, Augusta Excelencia Real!

—¿Me dirás dónde se guarda el secreto de Kalanúm? Habla de una vez o tendrás tiempo de lamentar tu silencio.

Arfagacto sacudió la cabeza. No era un hombre valiente, pero sí terco.

—No tengo la más remota idea de qué me estáis hablando.

—¡Del secreto que les da su poder! En algún lugar de Kalanúm se esconde un objeto mágico del que obtienen su fuerza. ¿Por qué siempre me derrotan, aunque mi dominio de la magia es mayor cada día que pasa?

Arfagacto se quedó pensando. Después, contestó como si Melania fuera una erudita recopilando datos en la biblioteca.

—Augusta Excelencia, lo que me preguntáis ha sido materia de mucha reflexión desde los tiempos de Curdius el Compilador y Erzras el Comentarista, pero nadie ha encontrado una respuesta satisfactoria a esa... ¡Un momento! ¿Qué pretendéis?

Arfagacto se había interrumpido al ver que Turumno, el hombre león, se adelantaba con unas tenazas al rojo vivo.

—¿Por qué lado masticas mejor, viejo? –le preguntó, relamiéndose con una lengua roja y rugosa.

—Por el dere... ¡No, no se te ocurra! ¡Augusta Excelencia, os lo suplico, no le dejéis!

Las tenazas estaban tan cerca de su boca que Arfagacto sentía su calor en la mejilla. Melania levantó la mano derecha, que llevaba cargada de anillos a cual más mágico y tenebroso, y contuvo a su esbirro.

—Esta será tu última oportunidad si quieres comer algo más que papillas el resto de tu vida, anciano. ¿En qué maldito libro de tu cochambrosa biblioteca se esconde el secreto de los Héroes de Kalanúm?

—Eeh... bien... Ya os he dicho que en la obra de Curdius hay un intento interesante de aclarar esa cuestión...

Cuando Turumno le volvió a acercar las tenazas, Arfagacto comprendió que no estaba siendo demasiado convincente.

¿Y si decía la verdad? No conocía la naturaleza exacta del secreto de Kalanúm, pero sí su paradero. Revelárselo a Melania sería una traición a los Héroes, mas ¿qué otra cosa podía hacer? Él era un estudioso, no un hombre de armas. Nadie le había adiestrado para resistir el dolor físico.

—Está bien, Augusta Excelencia –suspiró–. Os confesaré el misterio mejor guardado de todos los reinos. El secreto del que dimana el poder de los Héroes se encuentra en...

—¡Majestad, Majestad! ¡Nos atacan!

Melania se volvió hacia la puerta de la mazmorra y levantó el brazo en ademán de incinerar al inoportuno que la había interrumpido. El esbirro se arrodilló y trató de cubrirse la cabeza con las garras. Era un pentáquiro, una de aquellas malolientes criaturas de rostro de hiena que la reina utilizaba como centinelas.

—¿Cómo te atreves a irrumpir de esta manera, cretino?

El pentáquiro soltó un gañido de cachorro apaleado.

—¡Son los Héroes, Augusta Excelencia Real! ¡Vienen en esa maldita fortaleza voladora!

Arfagacto suspiró y musitó: «Gracias a los Siete Dioses», aprovechando que la soberana del mal miraba para otro lado. Pero la bruja tenía muy aguzados los sentidos, y aún más el oído, que había entrenado para descubrir y castigar la más insignificante murmuración en su siniestra corte.

—No te alegres tan pronto, viejo decrépito –le amenazó–. Me vas a servir de rehén. Conozco bien a esos ingenuos Héroes y sé que no se atreverán a poner en peligro tu vida. ¡Quitadle los hierros!

El gigantesco Rautas se afanó en buscar la llave correcta entre las quince que llevaba en el manojo, pero su mano de basalto era demasiado torpe. La reina se impacientó, hizo chasquear los dedos y los grilletes se abrieron por sí solos.

—Te pondremos bien alto en las almenas para que esa lastimosa pandilla pueda verte bien. Esta vez no se saldrán con la suya.

«Algo hemos mejorado», pensó el bibliotecario, frotándose los hombros doloridos. Pero cuando la mano de piedra de Rautas agarró su codo derecho y las garras amarillentas de Turumno se cerraron sobre su brazo izquierdo, y ambos lo levantaron en volandas, empezó a albergar ciertas dudas.

«Los Héroes encontrarán alguna manera de salvarme, seguro», trató de animarse...

MIGUEL

Bolardos, mi editor, se me quedó mirando.

—¿Me estás tomando el pelo, Miguel? ¿Dónde está el capítulo catorce?

Le sonreí, travieso. En aquella época aún hacía bromas. Luego, después de aquel día que nunca se me borrará del recuerdo, dejé de hacerlo.

—¿Por qué lo dices? ¿Es que falta algo?

—¿Dónde está el final? ¿Se puede saber cómo se las arreglan los Héroes para salvar a Arfagacto?

Abrí la cartera y saqué un manojo de folios.

—¡Ah, te refieres a esto! Sí, es verdad: el último capítulo.

Se lo tendí, pero cuando lo iba a coger le aparté las hojas.

—Prométeme que lo publicarás.

—Venga, Miguel, que ya no tienes edad para jueguecitos.

—Ya sabes que para escribir relatos para niños hay que volver a ser un poco niño.

Por fin le entregué el último capítulo. Lo leyó como solía hacer él, separando un poco los labios, subiendo y bajando las cejas como los brazos de un director de orquesta y gruñendo de vez en cuando como si cada tres párrafos le perdonara la vida al autor.

Cuanto terminó de leer, Bolardos juntó aquellos folios con el resto y cerró la tapa de cartón que Silvia, mi mujer, había cosido con cordeles rojos. Después de pensar unos segundos, adelantó su grueso labio inferior, chasqueó la lengua y me regaló su opinión.

—Bien, Miguel. Está bien resuelta, y sin perder el ritmo. Me ha gustado más que la anterior. *Las fuentes de Priotis* te había quedado un poco flojilla, pero esta... ¿Cómo se titula?

—*El secreto de Kalanúm* –le recordé.

—Sí, claro. Es el secreto que Melania quiere hacerle confesar a Arfagacto, y al final los Héroes evitan que lo averigüe. Por cierto –añadió, tamborileando en la mesa con un dedo amarillo de nicotina–, ¿cuál es ese secreto? Al final me he quedado sin saberlo.

Sonreí. En aquel tiempo pretendía guardármelo, tal vez para siempre o tal vez para una futura novela. Después, hasta olvidé que existía.

Mucho después, volví a recordar cuál era el secreto de Kalanúm. Pero no voy a adelantar acontecimientos, pues esa es la historia que vamos a contar entre mi hijo y yo.

—Si te lo dijera, ya sabrías tanto como yo –le respondí.

Bolardos me miró a través de una nube de humo. Fumaba tabaco negro, que a sus sesenta y cuatro años le sentaba como un tiro, pero yo no pretendía convencerle de que lo dejara. Discutir con Silvia ya me cansaba bastante.

Ella fumaba rubio. El olor era menos fastidioso que el del negro, o tal vez me había acostumbrado a él. Pero, en cambio, nunca me acostumbré a las toses que le oía todas las mañanas cuando se levantaba para ir al trabajo. Me dolían como si brotaran de mi propio pecho. «Para Navidades lo dejaré», me decía siempre. «A ver si no llegas a Navidades», amenazaba yo, medio en broma, medio en serio.

Maldita broma.

—No me tomas en serio –se quejó Bolardos.

—¿Cómo no me voy a tomar en serio a mi editor favorito?

—A *tu* editor, sin más. No tienes otro, y a este paso no vas a tener ninguno –gruñó Bolardos.

Entendí lo que quería decir. Su enojo no iba contra mí.

—¿Ya están otra vez fastidiando los de arriba? –le pregunté.

Los de arriba eran la gente de Orbe, el grupo de publicaciones que había absorbido a la pequeña editorial Orellana. Bolardos intentaba ponerles buena cara, pero en realidad no los soportaba.

—Ahora se han convertido en los de al lado. Son como una plaga que no para de crecer. Van a trasladarme a la cuarta planta y a tirar el tabique de ahí para ampliarle el despacho a Camargo. El lema es: más basura y menos literatura.

Bolardos intentó darle una calada al filtro, se dio cuenta de que no quedaba ni una mísera hebra de tabaco que quemar y aplastó la colilla. Tenía la costumbre de dejar el cigarrillo para abajo mientras fumaba, de modo que el humo, al subir, le manchaba los dedos de amarillo. Silvia, que era muy observadora, me había explicado esos detalles. Ella, aunque fumara, se cuidaba mucho las manos.

—Basta de lamentos –concluyó Bolardos–. Pasaré el libro para que lo vayan picando. En una semana tendrás el contrato nuevo..., antes de que los de Orbe cambien de opinión.

Lo interpreté como una despedida y me levanté. Andaba con prisa. Quería saber qué le había dicho el médico a Silvia. Mientras, Bolardos ya estaba sacando otro cigarro del paquete.

—Si encendieras uno con la colilla del otro, te ahorrarías el gas del mechero –me despedí.

Otro detalle que recuerdo de aquel día es que, al salir, vi que estaban colgando unos cuadros nuevos en el pasillo. Muy abstractos, muy *de diseño*.

En aquellos tiempos estaban cambiando muchas cosas. Orellana había sido hasta entonces una editorial pequeña, casi familiar, que durante muchos años había presentado unas cuentas saneadas, pero modestas. Yo estaba contento de trabajar para ella. Los libros de Kalanúm no se vendían mal: aunque nunca aparecían en las listas de *best sellers*, habían conseguido un público fiel, sobre todo entre los niños y adolescentes. Yo escribía tres o cuatro al año, me lo pasaba bien, y con eso y con el sueldo de Silvia juntábamos suficiente dinero para ir tirando. Nos quedaba poco para terminar de pagar el piso y estábamos pensando en cambiar la cocina y poner tarima en toda la casa. Incluso nos permitíamos las clases de kárate de Carlos y algún que otro viajecito.

Pero unos meses atrás, Orellana había caído entre los tentáculos de Orbe, un poderoso grupo que controlaba tres editoriales, un periódico y varias revistas. Los nuevos dueños estaban dispuestos a mantener las colecciones de toda la vida, como la de Kalanúm, *siempre* que no perdieran dinero. Pero, sobre todo, pretendían traer aires nuevos.

Esos aires nuevos me olían a chamusquina. Para empezar, los ordenadores habían invadido las oficinas. Eso podía entenderlo, ya que yo mismo había comprado uno para la última novela, renunciando a mis cuadernos cuadriculados y a mis bolígrafos Bic de punta fina.

Lo malo es que, enchufados a los ordenadores, como periféricos con patas, llegaron los nuevos directivos. Venían todos encorbatados, pero no como Bolardos, que traía unas corbatas feas y entrañables, de esas de lunares y ojos que se compran para el Día del Padre en la tienda de la esquina. No: esos tipos parecían sacados de un anuncio de El Corte Inglés y venían relucientes e impecables con sus gemelos dorados y sus cuellos almidonados, como si de bebés hubieran dormido en tablas de planchar.

Y se llenaban la boca con términos como *marketing, objetivos financieros, gestión de recursos, optimización, sinergias, multimedia*. Yo no entendía mucho, pero sabía que aquella palabrería no tenía nada que ver con las novelas, que, al fin y al cabo, eran lo que querían los lectores. A los escritores nos llamaban *creativos* y nos hacían asistir a reuniones interminables, en las que yo decía que sí a todo mientras miraba a un tablero blanco lleno de diagramas de flujo, cuando en realidad cavilaba en cómo rematar el próximo capítulo.

Pensando en todo eso se me empezó a agriar el buen humor que me había dejado la entrega de mi libro. Casi me tropecé con Helena, la nueva secretaria de Bolardos, que entraba por recepción con una caja de cartón en los brazos. Le pedí disculpas y ella me contestó con una sonrisa.

—Vosotros los escritores, siempre caminando por las nubes.

Helena era joven, me atrevería a decir que atractiva, y sus ojos azules parecían soñar detrás de las gafitas redondas. Era una de las pocas novedades agradables que había traído Orbe. Siempre llevaba una sonrisa en los labios, nos llamaba escritores en vez de *creativos* y además se leía los libros como *lectora*. ¡Algo increíble en una editorial!

24

—¿Qué le ha parecido la novela al jefe?

—Creo que me vais a tener que preparar un nuevo contrato. A ver si se te escapa un cero a la derecha, que quiero cambiar los azulejos del baño.

—¡Te pondré dos! Me alegro de que te haya ido bien, Miguel.

En la calle chispeaba. Aquel otoño estaba siendo muy lluvioso. Pensé en Silvia: a mi mujer le encantaba quedarse detrás de los cristales viendo llover, mientras que a mí el cielo encapotado me ponía de mal humor.

Me di cuenta de que en Kalanúm casi nunca llovía, o al menos yo no lo había dejado escrito. ¿De dónde salía tanto verdor, huertas tan feraces y bosques tan frondosos?

Era un reino mágico, me dije, y la magia puede hacer que todo crezca. Pero otra vocecilla me recordó que odiar la lluvia no era motivo para no escribir sobre ella. Saqué del bolsillo un cuaderno de espiral y un lápiz diminuto y mordisqueado (siempre me quedaba con los lápices de mi hijo Carlos cuando él iba a tirarlos) y escribí: *Que llueva en algún capítulo. Si no, K. va a parecer el Sáhara.* Por aquel entonces llevaba escrito en el ordenador el equivalente a treinta páginas de la siguiente aventura. Aún me sentía un poco frío e inseguro, pero era algo que siempre me ocurría al empezar una novela.

Aunque suene a queja, he de decir que escribir es una tarea ardua y muchas veces ingrata. En realidad, empezaba a disfrutar de mis novelas cuando las llevaba muy avanzadas, casi al final (luego me convertí en un autor profesional y eso de disfrutar pasó al olvido). A veces me daba pena terminar un libro, porque en los últimos capítulos era cuando de verdad llegaba a creerme la historia. Llegaba a evadirme tanto de la realidad, que Silvia me daba palmaditas en la nuca y me decía: «¡Llamando a Kalanúm, llamando a Kalanúm!». Yo la miraba con enfado, porque no me gusta que me toquen la cabeza, pero era fingido. A ella se lo permitía todo, y después de tres años de noviazgo y catorce de matrimonio, el contacto de sus manos me seguía poniendo la piel de gallina.

Cuando iba a coger el autobús, me encontré con Camargo, uno de los nuevos ejecutivos de la editorial. Salía de su deportivo japonés y se me acercó con paso elástico y seguro y un traje gris que costaba ochenta mil pesetas (entonces aún no teníamos euros).

—¡Hombre, Miguel, a ti tenía yo ganas de verte!

Camargo se permitía bastantes confianzas conmigo porque habíamos sido compañeros en el instituto. Amigos, lo que se dice amigos, no habíamos llegado a serlo; hasta nos pegamos una vez por una chica, Susi la de la ortodoncia. Pero Camargo me trataba como si hubiéramos sido íntimos y de vez en cuando se dedicaba a recordar los "viejos tiempos", echándole más imaginación a su memoria de la que yo empleaba en mis novelas.

—¿Qué, has venido a traerle al viejo tu último producto?

Camargo llamaba *productos* a las novelas, como si escribir libros fuera igual que fabricar detergentes, aspiradoras o sillas de oficina.

—Se lo traje hace unos días. Hoy he venido para que me diera su opinión. La va a publicar como está.

—Qué bien... Oye, Miguel, tengo que hablar contigo muy seriamente. ¿Qué tal si comemos en *Nico's*?

—Lo siento, pero no puedo. He quedado con Silvia, que viene del médico.

—Pues a ver si puedes otro día. Tengo proyectos para ti. Creo que deberíamos darle un empujón a tu carrera, ¿no te parece? –subrayó el "empujón" dándome un puñetacito en el hombro.

—No sé –contesté, apartándome un poco de él–. No estoy tan descontento con mi carrera. Me divierte lo que hago y gano para vivir.

—¡Ja! Pero mírate, hombre. Tú, que eras el primero de la clase, y ahora estás aquí, en una parada de autobús, para irte a un piso de un barrio de periferia que seguro que solo tiene un cuarto de baño.

—Sí, pero le hemos puesto taza.

—No es que te esté menospreciando... Tienes talento y lo usas, pero yo creo que podrías *optimizarlo*. Los libros de Kalkañú no están mal...

—Kalanúm.

—Eso, Kalañún. Sí, son interesantes y tienen imaginación...

—Y *se venden* –recalqué.

—Pero menos de lo que podrías vender otros productos. Deberías aprovechar tu talento para crear algo con más pegada –subrayó sus palabras con un gancho de derechas lanzado al aire–. Los tiempos cambian. Los chicos de ahora son de la generación de la videoconsola, del ordenador. ¡Hay que darles algo más visual, más impactante!

—Sí, pero es que nosotros trabajamos para una editorial y *producimos* libros.

—Libros, vídeos, juegos, ¿qué más da? La palabra clave es *multimedia*. Ahora tengo que irme, pero piénsatelo: ¡lo a gusto que volverías a tu casa oyendo un CD en tu coche nuevo! Triunfar en la vida tiene sus compensaciones.

Camargo se marchó, con las mismas prisas con que lo hacía todo. Yo me quedé meneando la cabeza. ¿Por qué le aguantaba las impertinencias a aquel individuo?

¡Un coche! ¡Qué tontería! En aquella época, me parecía un derroche usar un vehículo para llevar a una sola persona. A Silvia y a mí nos gustaban los lugares verdes y limpios como Kalanúm, con cielos azules y aguas claras, y no queríamos contribuir a la polución de la Tierra.

Pero eso era en aquella época. Después perdí a Silvia, y toda la belleza del mundo desapareció para mí.

CARLOS

Yo también me acuerdo de aquel día del que habla mi padre. En el colegio no había ocurrido nada fuera de lo normal. Me quedé en el comedor a mediodía y al salir fui hablando con dos amigos sobre la última novela de mi padre, *El secreto de Kalanúm*. En aquella época yo volvía andando a casa, no iba a buscarme ningún chófer, y gracias a eso podía charlar con los compañeros y dar patadas a todas las latas y piedras que nos encontrábamos por el camino. Había días que nos salían unos regates y unos tiros que ya quisieran Raúl y Zidane.

Uno de mis amigos se llamaba Iván y el otro era el Rana. Desde que nos cambiamos de barrio casi no he vuelto a verlos. Les encantaban los libros de mi padre. Eran unos privilegiados, porque se enteraban del argumento de cada novela antes de que saliese publicada: yo iba leyendo los cuadernos de mi padre según escribía y se lo contaba a ellos por el módico precio de la mitad de sus *donuts* o sus bocadillos. (Mi padre me dio una colleja cuando leyó esto, no sé si por contar sus argumentos o si por cobrar a cambio.) Iván y el Rana vivían las novelas como si fueran de verdad, incluso más que yo.

—Pues yo creo que la forma de que Áblopos salga del pozo es hacerse invisible, para que lo saquen en un cubo creyendo que está lleno de agua y luego él les eche una cuerda a los demás –sugería Iván.

—¡Menuda tontería! Como si no se fueran a dar cuenta de lo que pesa el cubo. Para eso está Petrazio, con su superagilidad –discutía el Rana–. Que suba apoyando los pies en una pared y las manos en otra, como un escalador.

—¡Pero, idiota, que es un pozo y está resbaladizo! ¿Qué quieres, que se escurra y se abra la cabeza contra el fondo?

A veces estaban a punto de pegarse. Yo me divertía escuchando cómo inventaban planes cada vez más descabellados. Algunos se los contaba a mi padre y él los aprovechaba en sus novelas.

Ese día del que os hablo, les conté cómo acababa *El secreto de Kalanúm*. Estábamos llegando a casa, así que nos sentamos un rato en un banco del parque Zeta y terminé de explicarles el final.

—¡Qué guay! –exclamó Iván–. Siempre he dicho que Kimbur es el mejor.

—Pues tampoco ha hecho tanto –protestó el otro–. Sin la magia de Cronarca, los Héroes no serían nada, pero no se lo reconocen lo suficiente.

Como ya he dicho, lo vivían de verdad. No creo que mi padre haya tenido unos lectores más fieles.

—Mirad –les dije–. Esto estaba tirado en el suelo del estudio.

—¡Qué guay! –dijo Iván–. ¡Un dibujo de Kimbur contra Rautas!

Rautas era el general de Melania. Aquel matón tenía una mano de roca y le sacaba dos cabezas a Kimbur; pero este, a la hora de la verdad, siempre demostraba ser el más fuerte.

—¿Lo ha dibujado tu madre? –me preguntó el Rana.

—Sí –respondí, orgulloso de mis padres. Aunque a veces me acomplejaban, y me preguntaba si sería capaz de hacer en la vida algo de provecho, aparte de haber aprobado el cinturón amarillo de kárate.

—¿Y si se entera de que lo has cogido?

—No pasa nada, solo es un borrador. El original es en colores.

—¡Qué padres más guay tienes! –dijo Iván–. Mi viejo lo único que hace es ponerse a ver el fútbol y decir que son todos una pandilla de matados.

—Pues ya es algo –repuso el Rana, e Iván y yo nos callamos, porque sabíamos que su padre se había ido a por tabaco hacía dos años y no había vuelto a dar señales de vida.

Me despedí de ellos y subí a casa. Vivíamos entonces en un tercero sin ascensor, y yo siempre subía corriendo y al llegar parecía que me entraba todo el cansancio del mundo y me ponía a jadear como un perro. Cuando mis padres venían cargados con bolsas de la compra, mi madre se quejaba de que no podía con las piernas y mi padre le contestaba que no le echara la culpa a las piernas, sino al tabaco, y que subir escaleras era un ejercicio muy bueno para las pantorrillas, los muslos y el corazón.

Como iba un poco acelerado, llamé al timbre más de la cuenta. Mi padre me abrió la puerta y me di cuenta de que tenía cara de pocos amigos, lo cual en aquella época era bastante raro.

—Anda, pasa, que tenemos que hablar.

Primero pensé que estaba enfadado por lo del timbre, pero luego me di cuenta de que se trataba de algo más serio. Allí estaban mi abuela paterna y mi tía Emilia, y no me gustaron nada sus caras.

Tampoco me gusta nada acordarme de aquello. Hablaron unas cuantas palabras, muy serios, y los tres estaban casi todo el rato mirando al suelo. Los oía sin entenderlos y me tuvieron que repetir la palabra clave.

Cáncer. Cáncer de pulmón. Extremadamente maligno. Incluso un enano de diez años sabe lo que eso significa.

Recuerdo que mi padre salió a la terraza, se apoyó en la barandilla y estuvo dos horas mirando al parque, sin moverse, como si se hubiera convertido en una estatua. Mi abuela me quiso dar la merienda, pero a mí se me había quitado el hambre. Ni siquiera recuerdo qué pensé entonces. Era imposible. ¿Cómo se podía morir mi madre?

Pero el caso es que mi madre no volvió a salir nunca del hospital y murió tres meses después. Y aquel día del que he hablado fue la última vez que les conté a mis amigos el final de un relato sobre Kalanúm, porque mi padre jamás volvió a escribir ninguno más.

MIGUEL

Podría decir que los tres meses que mi mujer estuvo en el hospital fueron los peores de mi vida, pero mentiría. Sí, era muy duro para mí verla sufrir. Día a día, la enfermedad devoraba su cuerpo y lo reducía a piel y huesos. Silvia se estaba convirtiendo en una momia en vida, una reliquia de lo que había sido, como si quisiera desaparecer poco a poco y prepararme para su inminente partida.

Terrible, pero al menos la tenía junto a mí. Podía verla, escucharla, tocarla. En aquel tiempo yo apenas dormía, porque me parecía que cada hora de sueño era una hora que perdía a su lado, ¡y me quedaban tan pocas!

Después llegó la noche del 20 de enero. Silvia murió. No fue fácil. Sufrió, pero se fue con la misma dignidad con la que había vivido. No diré más sobre ello.

Durante el entierro, mientras apretaba con fuerza a mi hijo Carlos, me esforcé en pensar que los restos que estábamos sepultando no eran en realidad Silvia. Me dije mil veces a mí mismo que ella seguía viviendo en mi corazón: justo allí donde sentía el bulto familiar del viejo reloj de plata. Mi abuelo me lo había regalado poco antes de morir y yo lo había usado para guardar la primera foto que me dio Silvia. Mientras los operarios del cementerio, con la indiferencia que deja el contacto cotidiano con la muerte, cubrían el ataúd palada tras palada, sentí el impulso de sacar el reloj y ver la foto de Silvia. Pero sabía que cuando contemplara su rostro me derrumbaría, y quería mantenerme firme a los ojos de todos; sobre todo, a los de Carlos.

Aquella noche me quedé solo en casa. Mi madre se llevó a Carlos a dormir con ella. El chico estaba aturdido, como si aún no entendiera lo que había pasado. No lo culpo. Desde muy niño, Carlos había mostrado una iniciativa que nos sorprendía: recuerdo cuando, con seis años, se empeñó en que tenía que trabajar los fines de semana vendiendo periódicos para ganar dinero y montar un club con sus amigos. Estaba convencido de que siempre se podía hacer algo para arreglar las cosas, como si la vida tuviera tornillos y tuercas mágicos que se pudieran apretar para repararlo todo. Ahora estaba aprendiendo una lección cruel: a veces, las personas se estropean y ya no hay reparación posible.

Por mi parte, cuando todo en mi hogar guardó silencio y solo quedaron los pensamientos y los recuerdos para hacerme compañía, empecé a comprobar en qué consiste el dolor verdadero, ese que muerde como un perro rabioso.

El recuerdo de Silvia llenaba la casa. No eran solo sus pinturas, o las fotografías en las que aparecía su rostro. Para mi desgracia, cada objeto y cada rincón estaban empapados de Silvia. El cenicero de agua que yo solía vaciar a regañadientes, porque a ella se le olvidaba; los auriculares con los que escuchaba la radio algunas noches, mientras Carlos y yo veíamos la tele; el poto del rincón, al que le hablaba a todas horas porque alguien le había dicho que las plantas son muy sensibles a la voz; la cajita repujada que habíamos traído de nuestro último viaje a Granada y en la que guardaba los pendientes al acostarse.

No había lugar al que me volviera en el que no encontrara la presencia de Silvia. Pero era solo un rastro, como el hueco o el calor que quedan en un colchón abandonado, algo irrecuperable. Mi casa se había convertido, toda ella, en un mausoleo en honor de Silvia.

No quiero parecer plañidero. Antes que yo muchos hombres han perdido a sus mujeres, y muchos más las perderán después.

Pero es que yo era uno de esos escasos, rarísimos afortunados que encuentran el amor verdadero. No quiero ser sensiblero: Silvia y yo *sabíamos* que lo nuestro era distinto. Nos dábamos cuenta cuando salíamos a cenar y veíamos a nuestro alrededor parejas silenciosas que ni se miraban, fatigadas por la rutina y el hastío mutuo. Nosotros siempre teníamos algo que contarnos, algo que decirnos, algo que susurrarnos. Y si no, aún podíamos pasar las horas muertas mirándonos a los ojos.

Traté de comer algo, pero se me había puesto un nudo en la boca del estómago que me impedía tragar. Cerré el frigorífico y fui al mueble bar, de donde saqué una botella de whisky que reservaba para las visitas. Me serví una copa bien llena y no tardé en bebérmela, a pesar de que al bajar por la garganta me producía escalofríos.

Pocos minutos después, ya había conseguido marearme. Pero el alcohol no había embotado ni el dolor ni la rabia. De modo que fui al estudio y encendí el ordenador, esperando que la literatura me sirviera de distracción.

Me tocaba empezar un nuevo capítulo. Escribí el título, centrado y en mayúsculas, y me quedé mirando a la pantalla. Ante aquel blanco que parecía el de mi propia mortaja, me quedé bloqueado.

Volví atrás. Cuando me atranco, suelo dedicarme a repasar lo que ya tengo escrito. Así que busqué alivio en las treinta o cuarenta páginas que llevaba de mi último relato sobre Kalanúm. *El talismán de Melania*, se titulaba. Supongo que fue un error, que debería haber esperado un tiempo a que mi estado de ánimo cambiara. Tal vez todo habría sido distinto. Pero el caso es que las volví a leer.

Recuerdo que, al terminar, pensé: «¡Dios mío!, ¿yo he sido capaz de escribir esto?». De pronto me parecía contemplar mi texto bajo una nueva luz. A decir verdad, toda mi concepción de Kalanúm se transformó de golpe. Hasta entonces había visto aquel reino mágico a través de un filtro de color rosa, mientras que ahora se me ofrecía tal como era, en su verdad transparente, desnuda y simple.

Un universo irreal, un rincón de fantasías de adolescente, el sueño de un mundo en el que los buenos ganaban y los malos perdían. Un mundo en el que magia, belleza y poder eran lo mismo.

Sí, ya sé que se trataba de relatos juveniles, casi para niños. Pero ¿era honrado engañar a los muchachos, a mis lectores, con una visión edulcorada y fantasiosa del mundo? La vida real no se parecía a Kalanúm. Cuando uno se encontraba en apuros, no iban a acudir ni Cronarca con sus hechizos, ni Kimbur con su fuerza prodigiosa, ni Áblopos con su invisibilidad, ni siquiera el ágil Petrazio para derrotar al mal.

No, la vida no era así. Yo lo veía en mi propia editorial. Al viejo y honrado Bolardos terminarían por jubilarlo, enviándolo a casa con una vulgar placa de alpaca que, para colmo, tendría que limpiar todos los días, y al final triunfaría Camargo, con su mediocridad intelectual y su falta de escrúpulos. En la vida siempre triunfaban los Camargos.

En la vida siempre jubilaban a los Bolardos.

Y en la vida las Silvias, mis Silvias, siempre morían.

¿Qué me quedaba a mí? ¿La jubilación, la desaparición, dejarme arrastrar como una hoja seca hasta algún anónimo basurero?

¡Ah, quién tuviera el poder de mis héroes, pero sin un corazón tan débil! ¡Quién estuviera más allá del bien y del mal, más allá del amor, que solo servía para sufrir!

Lamenté no haber escrito aquel relato en un cuaderno, porque entonces lo habría rasgado página por página para descargar mi ira. Tuve que contentarme con enviarlo a la papelera de reciclaje, y aun así entré en ella y borré todo su contenido, y de paso acabé con todos los archivos de Kalanúm que envenenaban mi ordenador con sus mentiras.

Después la emprendí con los dibujos que llenaban las paredes del estudio. Uno por uno, los destrocé, aunque cada vez que arrugaba uno de ellos me parecía que era mi corazón lo que estrujaba, pues todos eran obra de Silvia. El mapa de Kalanúm lo dejé para el final. Cuando acabé con él, ciego ya de dolor, sin saber lo que hacía, abrí la ventana y arrojé a la noche mi más preciada reliquia, el reloj de plata con la foto de Silvia. Hasta la mañana siguiente no supe lo que había hecho, y por más que busqué en la calle y pregunté a los vecinos, nunca logré encontrarlo.

Entonces, cuando más desesperado me sentía, tuve una visión. Sí, estaba un poco borracho y muy alterado por el dolor, pero no se debía solo a eso. A menudo yo creaba al dictado de una inspiración que me venía de otro lugar. Cerraba los ojos y las cosas sucedían delante de mí. Me convertía en un espectador del mundo de Kalanúm y me limitaba a transcribir las imágenes que presenciaba, fantásticas como un sueño y vívidas como la realidad.

Pero esta vez la visión era distinta. No había valles verdes, montañas majestuosas y nevadas, selvas lujuriantes, cielos de un azul imposible, cascadas vertiginosas, ciudades de oro y diamante, arco iris de horizonte a horizonte. Todo eso se había ido con Silvia. Yo ya no veía belleza en Kalanúm.

En su lugar, vi un país oscuro, abandonado por el sol, un lugar que vivía bajo una niebla gris, urbana, de finales de siglo, de cualquier siglo. En sus calles ardían mil hogueras y brillaban luces de neón. Aquel mundo era espeso y cruel como una selva de metal en la que solo sobrevivían los más duros o los más afortunados. A su manera sombría, no dejaba de ser un lugar magnífico.

Y vi una figura que se alzaba orgullosa. Era alto, atlético, ceñido en ropas de cuero que se pegaban a sus músculos. Su rostro me miraba desafiante y un tanto burlón. Tenía unos rasgos perfectos, de una belleza fría y dura, y sus ojos estaban más allá del bien y del mal. Más allá del amor.

Me llamo Keio, me dijo. *Atrévete a seguirme. Te enseñaré la belleza que hay en las sombras.*

Justo lo que yo quería.

Empecé a teclear, en trance, y no dejé de hacerlo hasta el amanecer.

Al día siguiente, cuando volví a la editorial después de tres meses de ausencia, ya no vi a Bolardos. Lo habían arrinconado tanto que el hombre había optado por la jubilación anticipada. Su despacho ahora lo ocupaba Camargo.

A mí eso ya me daba igual. No estaba dispuesto a sufrir por nadie más. Le enseñé a Camargo un manojo de folios recién impresos y me senté. Él me dio el pésame, que yo agradecí con la barbilla, y le invité a leer. Esperé a que terminara sin mover un solo músculo, pensando en otras cosas.

Antes de lo que yo esperaba, Camargo dejó los folios en la mesa y se me quedó mirando, con las cejas levantadas. En realidad, me daba igual lo que opinara de aquel relato. Pero yo tenía facturas que pagar y un hijo al que alimentar.

Camargo me sorprendió.

—¡Esto es una bomba, Miguel! ¡Justo lo que nos hacía falta! Ya estaba bien de vender a los chicos relatos edulcorados. ¡Esto sí que tiene fuerza! Y además hay un sinfín de posibilidades multimedia...

Así vendí la primera historia de Keio, mi nuevo héroe. A partir de ahí, todo se movió por sí mismo. Mis relatos se convirtieron en guiones, cómics, juegos de rol, juegos de arcade, camisetas, *merchandising* diverso y, por fin, hasta una película.

Sí, debo reconocer que gracias a Keio me forré. Pero a cambio estaba vendiendo mi alma. Y lo peor era que yo mismo lo sabía.

CARLOS

A los trece años, las pocas veces que volvía al barrio de Moratalaz, mis antiguos amigos, Iván, el Rana y Sergio, me miraban con envidia.

—Tío, cómo mola el último coche que se ha pillado tu viejo –me decía Sergio, que era un fanático de los automóviles–. Un Daewoo de 16 válvulas.

Hasta me pedía permiso para tocarlo, y yo se lo daba, pero ya no le cobraba como hubiera hecho antes. ¿Para qué quería medio *donut*, si con la calderilla que me sobraba en el bolsillo podía comprarme tres cajas enteras?

—Y esas Reebok, ¿cuánto te han costado? –me preguntaba el Rana.

—No lo sé –respondía yo, encogiéndome de hombros. Ya ni me molestaba en mirar las marcas: en los sitios a los que iba a comprar *solo* había marcas.

—Cómo tienes que vivir –me decía Sergio, y a mí casi me daba lástima del pobre, que no sabía apreciar lo que tenía.

Yo echaba de menos volver del colegio andando y dando patadas a todo lo que pillara y de vez en cuando jugar a las canicas, o al yoyó, o a lo que se hubiera puesto de moda aquel mes.

Se supone que me había hecho mayor para eso, pero el caso es que lo echaba de menos. Ahora, después de clase venía a buscarme un chófer. Sí, como lo digo, un chófer, porque mi padre había ganado tanta pasta con sus historias de Keio que nos habíamos vuelto apestosamente ricos y vivíamos en una casa de Pozuelo que más parecía una mansión.

Y también echaba de menos a mis amigos. No me gustaban los niños pijos del Liceo en el que estudiaba ahora. Lo que más rabia me daba era que yo mismo me estaba convirtiendo en un niño pijo. De vez en cuando se me escapaban palabras como "fenomenal" o, aún peor, "*essstupendo*" con una ese que dejaba hasta eco por las paredes.

Echaba de menos a mi madre. Y ya sé que parezco un llorón, pero también echaba de menos a mi padre. Se pasaba casi todo el día fuera, y salía también muchas noches, y viajaba a menudo. Cuando estaba en casa solía encerrarse en el estudio, que era mucho más grande y lujoso que el que tenía antes. En vez de una mesa de aglomerado llena de rayones de bolígrafo, ahora usaba un escritorio enorme de caoba que parecía de un director de banco, y nunca se veía en él ni una mota de polvo.

Cuando vivíamos en Moratalaz, me dejaba colarme de vez en cuando en su estudio y solo protestaba un poco, pero yo creo que fingía el enfado. Ahora, en nuestro superchalet, no me decía nada si pasaba al despacho, pero me miraba a los ojos como si no me estuviera viendo, así que yo casi prefería no entrar.

La verdad es que no debería quejarme. Gracias a que mi padre trabajaba tanto, a mí no me faltaba de nada. Ahora, en vez de kárate, estudiaba inglés con un nativo y había empezado a tocar el piano. Lo del inglés tenía un pase, porque me ayudaba para sacar mejor la asignatura en el dichoso Liceo. Pero el piano no era lo mío. Si mi padre se hubiera molestado en escucharme más de un minuto, se habría dado cuenta. ¿Cómo se puede desafinar con un piano, si las notas ya te las dan las teclas y no las tienes que buscar? Pues, por algún misterio sobrenatural, yo lo hacía.

¿Sabéis lo que más echaba de menos? Que mi padre volviera a escribir algún cuento sobre Kalanúm. Todos los anteriores, los que había hecho antes de que mi madre muriera, los tenía yo guardados en mi habitación y los releía una y otra vez. Pero ya me los sabía de memoria y no dejaba de preguntarme: «¿Qué habrá sido de Petrazio, Kimbur, Cronarca y Áblopos, los Héroes de Kalanúm?».

* * *

Los peores temores de Arfagacto se habían cumplido.

Durante meses había estado buscando la fortaleza voladora de Terópolis, el cuartel general de los

Héroes de Kalanúm. Había recorrido para ello tres reinos, cinco marcas, siete condados y diversas regiones salvajes que no reconocían ley ni señor. Él, un hombre apacible y sedentario para el que la emoción más fuerte era encontrarse un ratón royendo algún volumen de la gran biblioteca de Demiuria, había tenido que arrostrar todo tipo de peligros durante su peregrinación: las arenas ardientes del desierto de Bangalor; las negras espesuras del bosque de Maoza, impenetrable y espinoso; los pantanos de Tinfalia, infestados de croratardos, unos repugnantes parásitos que anidaban bajo la piel; las estepas de los bárbaros kursimendios, nómadas que nunca se separaban de sus yeguas antropófagas; las nieves perennes de las montañas del Arbután... Hasta había remontado el curso del Halidón y había llegado a ver, de nuevo, los negros muros del castillo de Melania, aunque tiempo atrás jurara que no volvería a acercarse a él jamás.

Nadie había sabido darle noticia alguna de los Héroes de Kalanúm. A ellos y a Terópolis parecía habérselos tragado la tierra. Arfagacto y los cinco fieles soldados que lo escoltaban, veteranos de cien guerras que apenas podían ya con sus propias armaduras, se desanimaban día a día en su estéril búsqueda.

Por fin, tras renunciar a su misión, habían emprendido el regreso a Demiuria. Pese a las penalidades del viaje, no lo hacían con alegría. La capital de Kalanúm ya no era la espléndida ciudad que todos admiraban. Se habían encargado de arruinarla aquellos recién llegados, un ejército de jóvenes violentos que traían armas invencibles y destruían por el puro placer de destruir.

Al regresar, lo hicieron por un camino distinto del que habían seguido en el viaje de día. Esta vez recorrieron la garganta del río Oxianto. Era un paraje pintoresco, sembrado de quebradas, nidos de buitres, árboles que crecían en rincones inverosímiles, escondidas florestas que estallaban en intensos violetas, púrpuras y amarillos. El río bajaba alternando espumosos rápidos con remansos encerrados entre rocas que invitaban a remojar los pies de los cansados viajeros.

Y así hicieron. Arfagacto preguntó a Melpomeno, el soldado más joven de la escolta (con cincuenta y cinco años a sus espaldas, tampoco podía decirse que fuera un chaval), cuánto quedaba para Demiuria.

—Yo diría que unas siete u ocho leguas, señoría –respondió Melpomeno–. Ya estamos cerca.

—¡Cerca! –se lamentó Arfagacto. Se sentó en una piedra, se quitó las botas y metió los pies en el agua. Estaba fría, pero le alivió el dolor de los juanetes–. Me temo que hoy no llegaremos. Otra noche de dormir a la intemperie –se quejó, a pesar de que los soldados le montaban todos los días la tienda de campaña.

Melpomeno miró hacia arriba. El sol había pasado su cenit un par de horas antes, y estaba a punto de ocultarse tras las altas escarpas de la garganta.

—Tendríamos que apretar mucho el paso, pero podríamos llegar —comentó.

—¿Pero tú crees que estoy yo para apretar el paso aún más? —rezongó Arfagacto—. En mala hora os dejé vender los caballos, necios.

—Teníamos que comer, señoría. Nos habíamos quedado sin dinero.

—Podríais haber luchado para conseguir la comida...

Melpomeno miró a sus compañeros, que se estaban despojando de las armas. No se sabía qué rechinaba más, si las juntas de las armaduras o las rodillas y los hombros de aquellos veteranos.

—Luchar, luchar... podríamos haber luchado, señoría —respondió Melpomeno, con tristeza—. Que hubiéramos vencido a alguien, ya lo veo más difícil.

—¡En mala hora se me ocurrió elegiros como escolta! —gruñó Arfagacto, al que se le ponía un humor de perros cuando se alejaba de su biblioteca—. Los soldados más gandules que podría haber encontrado. ¡Una pandilla de vejestorios inútiles!

Arfagacto se animó y empezó con la retahíla de quejas, que no podía faltar al menos una vez al día. Melpomeno, por no discutir con él, se alejó garganta abajo.

Al cabo de un rato volvió, casi corriendo.

—¡La he encontrado! ¡La he encontrado!

Los soldados dejaron sus labores (montar la tienda, buscar leña, preparar una hoguera) y Arfagacto interrumpió su sarta de lamentos y reproches.

—¿Qué es lo que has encontrado?

—¡El castillo de los Héroes! ¡Terópolis! –contestó Melpomeno, casi sin aliento.

Arfagacto, emocionado, se incorporó y sacó los pies del agua. Apenas había avanzado un paso cuando se clavó un guijarro en el talón.

—¡Ayy! –chilló–. ¡Maldición! ¿A qué estáis esperando? ¡Que alguien me ayude a ponerme las botas!

No tuvieron que caminar mucho. Unos doscientos metros río abajo, la garganta doblaba hacia el oeste. En cuanto pasaron el recodo, se encontraron ante un largo tramo del Oxianto.

Allí estaba Terópolis, pero no como había esperado encontrarla Arfagacto.

La orgullosa fortaleza de los Héroes de Kalanúm había sido derribada. Su base, una enorme cúpula invertida de unos cien metros de diámetro, estaba incrustada entre las paredes del desfiladero. La estructura entera había quedado ladeada en un ángulo grotesco. En la parte superior no se advertía señal de vida. Parte de los muros se veía renegrida por el fuego, mientras que la torre vigía había quedado destrozada en la caída, y su pináculo yacía en las aguas del río, partiéndolas en dos como una nueva isla.

—Dios mío... –musitó Arfagacto–. ¿Qué puede haberle ocurrido? ¿Qué clase de fuego puede haberle hecho algo así a Terópolis?

Melpomeno contestó por él.

—Las armas de Keio. Con razón no aparecían los Héroes de Kalanúm para enfrentarse a él. Ya los había derrotado.

Arfagacto se sentó en el suelo y contuvo un sollozo.

—En ese caso, ¿qué esperanza nos queda?

Al día siguiente entraron en Demiuria por la puerta Este. Alguien (Keio o alguno de sus secuaces) había arrancado los grandes leones de piedra que la coronaban. Los soldados y Arfagacto cruzaron miradas de tristeza. Durante su viaje casi habían olvidado el mal que se extendía por Kalanúm. Ahora, aquel expolio les recordaba con crudeza que las cosas cada vez iban a peor.

Las calles, antaño tan limpias que eran el ejemplo de Kalanúm, estaban llenas de inmundicias cuyo olor revolvía las tripas. Muchas puertas colgaban desvencijadas de sus bisagras, revelando que las casas que guardaban habían sido abandonadas por sus dueños. En la antigua capital no quedaban más que niños y ancianos. A los demás se los habían llevado a la oscura ciudad que estaba creciendo como un tumor al oeste de Demiuria, en una inmensa plataforma sobre el mar. Aunque desde allí no la veían, su presencia se hacía notar por la nube gris que día a día se iba extendiendo por el horizonte.

Arfagacto acudió sin más tardanza al palacio del Consejo, un edificio de piedra labrada donde cada tres meses se reunían los representantes de todos los reinos, marcas y condados de Kalanúm. Un anciano guardia, del que no se sabía si sujetaba la lanza o la lanza lo sujetaba a él, le dio el alto.

—¿Adónde vas, extranjero? ¡Ah, si eres Arfagacto, el bibliotecario! Perdona, señor, no te había reconocido. Mi vista ya no es lo que era.

—Debo ver al burgrave de la ciudad –gruñó Arfagacto.

—Don Atanasio está comiendo, señor. Pero volverá dentro de dos horas.

Arfagacto asintió.

—Entonces, yo también volveré en dos horas –le dijo al guardián–. Mientras, convoca a todas las autoridades que queden en la ciudad. Tengo algo importante que decirles.

Tras su breve conversación con el guardián, Arfagacto licenció por fin a los soldados que lo acompañaban. Le invitaron a comer en la cantina de su cuartel, porque al fin y al cabo no eran gente rencorosa y Arfagacto, aparte de ser un gruñón, no se había portado tan mal con ellos. Pero el bibliotecario rechazó la invitación. Había perdido hasta el apetito, y aquello sí era señal de que las cosas iban mal en Kalanúm.

Por fin estaba de vuelta en el lugar que más amaba, su gran biblioteca. Pero la alegría le duró poco. Las grandes puertas de roble habían perdido su magia y no se abrieron solas ante él. Arfagacto tuvo que empujarlas con el hombro, y solo entonces comprobó cuánto pesaban las jambas.

A duras penas se coló por la ranura que había abierto. Nada más entrar se dio cuenta de que algo había cambiado: la luz. Era gris, cuando siempre había sido multicolor. Levantó la cabeza: las vidrieras que coronaban la cúpula ya no estaban allí. Solo quedaban cristales rotos, burlándose de él con una sonrisa desdentada. El mosaico del suelo, justo donde se leía la divisa de la biblioteca (POR EL SABER HACIA LA MAGIA), estaba sucio de excrementos de pájaro.

Tres puertas se abrían en la cúpula: a la derecha, la que llevaba hacia los aposentos del propio Arfagacto, en un ala pequeña pero lujosa; a la izquierda, la que se abría hacia la sala de estudio y lectura; y en el centro, la que daba a la gran biblioteca. Esta se hallaba abierta, aunque Arfagacto recordaba que la había dejado cerrada con llave.

Se acercó y comprobó que la cerradura había sido forzada. A decir verdad, más bien la habían convertido en una masa retorcida de bronce fundido. ¿Qué arma podía haber hecho algo semejante?

La respuesta le llegó del interior. Se oían carcajadas y voces destempladas. Arfagacto entró y lo que vio le hundió el alma a los pies.

Antes, el visitante se encontraba dentro de un laberinto de madera, rodeado de libros en un estrecho pasillo de anaqueles que serpenteaban y caracoleaban casi una legua. Ahora, por primera vez, todo el gran recinto de la biblioteca quedaba a la vista: las estanterías yacían en el suelo, derribadas, rotas, algunas quemadas. Había libros por doquier, con las tapas arrancadas, las hojas desgarradas, sucias, revueltas. Arfagacto se agachó y recogió con tristeza un volumen que rezaba: *Siete teorías del sabio archipámpano de Berusia sobre la verdadera esencia del secreto de Kalanúm*. Apenas quedaban diez páginas intactas. ¡Pobre archipámpano de Berusia!

En el centro de la biblioteca, para horror de Arfagacto, ardía una hoguera cuyas llamas casi lamían la bóveda de piedra. No debía de ser la primera ocasión en que alguien prendía fuego allí, porque en el techo se veían grandes manchones negros.

Eran sus libros, sus amados libros, los que estaban alimentando aquel fuego. Cuatro jóvenes, vestidos con aquel tejido negro, brillante y ceñido que había traído por primera vez Keio, los recogían del suelo y los arrojaban a las llamas entre grandes risotadas.

—¡Mira esto! –exclamó uno de ellos–. ¿Qué pone aquí? *Los a-ros tra-en ci-en ha-dos...*

—*Los Héroes traicionados* –le corrigió otro–. Pero ¿cuántos libros hay sobre esos malditos Héroes?

—No importa los que haya –dijo un tercero–. No debe quedar ni uno. Keio lo ha ordenado. Nos dijo: «No debe quedar ni el recuerdo de esos Héroes». ¿Lo recordáis?

La cólera pudo al temor, y Arfagacto estalló:

—¿Qué estáis haciendo? ¡Deteneos ahora mismo!

Sin abandonar su bárbara tarea, uno de los jóvenes se volvió hacia otro y dijo:

—¿Has oído algo, Turi?

—¿Que si he oído algo? Juraría que he oído eructar a un sapo viejo, pero nada más.

—Pues entonces sigue...

Indignado, Arfagacto se acercó a paso vivo. El joven al que habían llamado Turi estaba agachado para coger un grueso volumen, cuando Arfagacto le dio un golpecito en el hombro con el bastón.

—Escucha, muchacho. ¿Sabes acaso lo que estás haciendo?

Turi se incorporó, o más bien se desdobló, y solo entonces se dio cuenta Arfagacto de que le sacaba la cabeza. Las ceñidas ropas revelaban el cuerpo de un atleta. Por si fuera poco, llevaba una gruesa cadena colgada del cinturón y un guante con nudillos claveteados en la mano izquierda. Una gran K roja tatuada en su hombro desnudo proclamaba su orgullo de ser esbirro de Keio.

—Por supuesto que sé lo que estoy haciendo, sapo viejo: quemar bazofia. Pero me pregunto si tú sabes lo que acabas de hacer.

Arfagacto empezó a retroceder y se preguntó si no habría ido demasiado lejos. Su mal genio, por desgracia, no se correspondía ni con su valor ni con su fuerza física.

—Estoy a cargo de este lugar. No tenéis derecho a quemar los libros.

—¿No? –preguntó Turi con una sonrisa vacía que no hablaba demasiado bien de su inteligencia–. ¿Y se puede saber por qué no tenemos derecho?

—Los libros son sagrados. Contienen el saber de Kalanúm, y el saber de Kalanúm es sagrado.

Turi hizo un gesto obsceno con el brazo izquierdo y de paso exhibió los pinchos de su guante ante los ojos de Arfagacto. Los otros tres jóvenes se habían acercado y estaban rodeando al viejo bibliotecario.

—¿Y se puede saber por qué es sagrado?

—Porque así lo ha sido desde siempre –arguyó Arfagacto, cada vez con menos convicción y sin dejar de retroceder–. Los Héroes han garantizado que así sea.

—Pues ahora las cosas han cambiado, sapo viejo. En cuanto a tus Héroes, mi patrón ya se encargó de ellos, y ahora es él quién decide qué es sagrado y qué no lo es. A ver, Misha –Turi se dirigió a uno de sus compañeros, un joven con los hombros tan anchos y la cintura tan estrecha que parecía un reloj de arena–, ¿qué es sagrado esta semana?

—No sé lo que es sagrado. Pero, desde luego, sé lo que *no* es sagrado: las barbas blancas como la de este tío.

Turi sacó de su cinturón un extraño cuchillo que se desplegaba al apretar un botón y se acercó a Arfagacto con una mirada sádica.

—Tienes razón. No nos gustan las barbas blancas, a no ser que sirvan para rellenar cojines. Ven aquí, sapo viejo: te vamos a dejar mucho más guapo.

El palacio del Consejo no había corrido mejor suerte que otros edificios de Demiuria. De la antigua sala de juntas solo quedaban las paredes, así que la reunión tuvo que improvisarse en un despacho cercano. No había más que cuatro sillas y una mesa, pero tampoco hacía falta mucho más. En aquel momento, el Consejo lo componían seis personas: Atanasio, burgrave de la ciudad de Demiuria; el propio Arfagacto, y cuatro viejos más que se encontraban por azar en la ciudad y tenían, o habían tenido, cierto prestigio en sus países de origen. Eran lo más parecido que podía encontrarse a la antigua autoridad de Kalanúm.

—¡Qué barbaridad! —estaba diciendo Rakiano, del país de Istria, un anciano al que apenas le quedaban cuatro dientes entre ambas encías—. ¿Cómo han podido hacerte eso?

—Ya no hay respeto ninguno —opinó otro de los asistentes.

Aunque los viejos suelen decir que ya no hay respeto cuando se quejan de los jóvenes, esta vez no les faltaba razón. La larga y venerable barba de Arfagacto había desaparecido: los secuaces de Keio se la habían cortado casi a tirones, con lo que le habían dejado el mentón y las mejillas en carne viva.

Al menos, no lo habían matado. Un par de horas antes, no habría apostado una moneda de cobre por ello.

—No entiendo lo que está pasando —dijo Atanasio, el burgrave, meneando la cabeza—. Desde que era niño he visto guerras y catástrofes, y siempre he sufrido la amenaza de Melania. Pero la violencia que nos ha traído esta gente es incomprensible. Matan por matar y destruyen por destruir, aunque no ganen nada con ello.

—¿De dónde habrán salido? –preguntó Rakiano.

«¿De dónde?», repitieron todos, y miraron a Arfagacto, en busca de una respuesta. Pero el anciano se encogió de hombros, confesando su ignorancia.

—Antes de mi viaje busqué en la biblioteca, pero no encontré nada sobre ellos. El nombre *Keio* no aparecía por ninguna parte. *Kaya-ho* sí, un antiguo rey de Merusia, y también *Veio*, que era una ciudad al pie del monte Gritia, y también...

—¡Oh, Arfagacto, no nos aburras ahora con tu erudición! –protestó Atanasio–. Si no encontramos nada en los libros, tendremos que recurrir a la magia.

—Pero ¿cómo? –preguntó Maylian, una noble anciana del pueblo de las Amazonas–. Desde que llegó Keio, la magia ha perdido todo su poder.

—Aún debe de quedar algo de magia. ¿No es así, Arfagacto? –preguntó Atanasio–. Somos seis personas: ¿no conseguiremos suficiente magia tan solo para hacer una invocación?

—¿Y a quién invocaremos? –preguntó Arfagacto.

—¡A los Héroes! –exclamó Rakiano con su voz cascada–. Ellos harán que Keio muerda el polvo y hundirán su maldita ciudad en el mar.

—Me temo que Keio se adelantó hundiéndoles el castillo a ellos –se lamentó Arfagacto, y de un pliegue de su manto sacó una estrella de oro con cuatro puntas, cada una de ellas grabada con un minúsculo retrato.

—¡El signo de los Héroes! ¿De dónde lo has sacado? –preguntó Maylian.

—De las aguas del Oxianto, donde estaba hundido, como tantos otros restos de Terópolis. No contéis ya con los Héroes. Me temo que hace tiempo que han muerto.

—¡Con razón no se mostraban desde hacía años! ¿A quién recurriremos entonces?

—Tal vez yo pueda ayudaros.

Se volvieron hacia la puerta. Alguien había entrado sin que se dieran cuenta: una mujer joven, de piel blanca, cabello negro como ala de cuervo y unos ojos tan claros que parecían de cristal. Por si su belleza no fuera lo bastante sobrenatural, la rodeaba un halo neblinoso que revelaba su naturaleza de hada.

Solo Arfagacto la conocía: Sileya, reina de las hadas y los silfos que moraban en el bosque de Maoza. La había visto una vez, cuando no era más que un joven aprendiz de bibliotecario, tal vez cincuenta años atrás. Muchísimo tiempo, pero ella no había cambiado: ni una cana en su cabello, ni una arruga alrededor de sus ojos.

—Sileya... –musitó, asombrado.

—Me halaga que me recuerdes, Arfagacto.

El bibliotecario hizo ademán de levantarse para ofrecerle la silla, pero el hada le detuvo con un gesto.

—No es necesario. No estoy cansada.

Arfagacto asintió.

—Claro. Las criaturas hechas de una materia tan sutil como la vuestra, entre el espíritu y el éter, no tienen apenas peso y, por tanto, no pueden conocer la fatiga física ni...

—Dejaremos esas disquisiciones para más tarde, si no te importa –le interrumpió Sileya–. Ahora quiero que me habléis de vuestros males, porque tal vez así podré ayudaros a solucionarlos.

—¡Keio es nuestro mal! –exclamó Rakiano, con tanta pasión que le vino un ataque de tos.

Atanasio, el burgrave de la ciudad, le dio una palmada en la espalda y añadió:

—Él lo ha resumido: toda la culpa es de Keio. Hace ya tres años, apareció aquí, sobre Demiuria, un dragón, o más bien lo que creíamos que era un dragón. La gente huyó despavorida de la plaza de Alsano. Hacía mucho tiempo que no se veía un monstruo así sobre la ciudad, pues los Héroes nos habían protegido de ellos.

»Pero el dragón resultó ser una máquina de metal, una especie de pájaro gigantesco. Se posó con un estruendo tal que todos los cristales de la plaza se hicieron añicos. Y entonces, de la panza de esa criatura salió él, Keio.

Atanasio escupió en el suelo, en señal de desprecio. Luego se dio cuenta de que Sileya le miraba y pidió disculpas.

—Nos dijo que venía de tierras lejanas, que había oído hablar de Kalanúm y que ansiaba conocer sus maravillas. Venía a aprender y a enseñar, nos dijo –Atanasio meneó la cabeza–. Sí, enseñó a nuestros jóvenes: les enseñó que la magia era inútil, algo caduco según él, y la sustituyó por armas que escupían fuego y trozos de metal. Les enseñó nuevas formas de lucha, con sables, con cadenas, con palos, incluso con las manos y los pies desnudos. Tuvimos que reconocer que era un guerrero invencible. Mas, por desgracia, no inculcó a nuestros hijos ninguna causa digna por la que luchar: convirtió la violencia en un fin y la guerra en una diversión.

»Poco a poco atrajo a nuestros jóvenes como un encantador de serpientes, aunque decía no tener magia. Se los fue llevando de aquí a su nueva ciudad, a Megalia, como él la llama –Atanasio señaló hacia el oeste–. Algunos se le resistieron, y a esos... los mató.

Hubo un momento de silencio y horror entre los presentes.

—Así que los mató... –susurró Sileya.

—Una muerte definitiva, verdadera –explicó Atanasio, con voz sobrecogida–. Y eso mismo pasa en todos los reinos de Kalanúm.

—En todos, bella señora –intervino Rakiano, ya recobrado de su ataque de tos–. Mi señor Xarkio, el rey de Istria, intentó oponerse a Keio. Pero, cuando ya había formado a sus diez mil caballeros en orden de batalla, su propio hijo, el príncipe, lo traicionó y se lo entregó a Keio. Ahora mi señor recorre el reino de pueblo en pueblo, pero ya no lo hace a caballo, sino en una jaula donde los secuaces de Keio lo llevan desnudo y con una cadena al cuello, como si fuera un mono, y lo alimentan con peladuras de patata y agua de fregar. Donde estaba el bello Castillo de Cristal no quedan más que ruinas y basura, y una enorme nube negra que sube al cielo noche y día y que a todos nos hace toser y nos irrita la piel y los ojos.

Los demás miembros del Consejo contaron cosas parecidas. Sileya escuchó con paciencia.

—Sé lo que estáis sufriendo –dijo cuando los demás terminaron sus quejas–. Mi propio reino, el bosque de Maoza, cada día pierde un poco más de terreno por culpa de los recién llegados. No hay día en que no tengamos que luchar contra un incendio, o contra una plaga que vuelve blancas las hojas y pudre las ramas, o contra las horribles máquinas que derriban los árboles como si fueran palillos de dientes. Hay días en que el humo no nos deja ver el sol y los ríos que cruzan el bosque bajan sucios y sembrados de peces que flotan panza arriba. Y nuestra magia no puede nada contra el mal que se extiende.

—¡Los Héroes! –insistió Rakiano–. ¡Necesitamos a los Héroes! ¡Ellos pueden derrotar a Keio!

—Ni para ellos sería fácil –dijo Arfagacto, en tono grave–. Sabemos que Keio encontró alguna manera de derribar su fortaleza volante, algo que no había conseguido ni Melania en la cumbre de su poder.

Entonces, Sileya sugirió algo.

—Antes de que el poder de Keio crezca tanto que llegue a ser invencible y su Megalia se extienda hasta devorar por completo Kalanúm, tal vez podamos dar una segunda oportunidad a los Héroes.

—Eso, si siguen vivos.

Sileya los miró con gesto enigmático.

—Aún no están del todo muertos. Nos queda una oportunidad para recuperarlos. Pero debemos unir toda la magia que nos quede, hasta la última gota, hasta quedar exhaustos. Pues tendremos que hacer un viaje muy largo, el más largo y difícil que se pueda soñar.

—¿Adónde habrá que ir esta vez? —se lamentó Arfagacto.

—No te preocupes, anciano, pues ese viaje lo haré yo.

«Y será al mundo real», añadió entre dientes, pero nadie la oyó.

CARLOS

EL día en que empezaron a suceder *cosas*, yo no podía haberme levantado con peor pie.

Lo primero fue que me dormí. Me había quedado hasta tarde jugando con la videoconsola. A veces mi padre me pillaba y me decía que ya estaba bien; pero esa noche ni siquiera se enteró, así que me envicié cargándome alienígenas, y cuando me quise dar cuenta eran las tres de la mañana.

Y cuando me quise dar cuenta otra vez eran casi las ocho y Ana, la chica que teníamos de interna, estaba aporreando mi puerta.

—¡Carlos! ¡Carlos! ¡Que vas a llegar tarde!

Me tuve que levantar a toda velocidad, y cuando llegué al Liceo estaba mal desayunado, con legañas y de mal humor.

Supongo que por eso me metí en líos. O a lo mejor fue porque aún conservaba el recuerdo de los Héroes de Kalanúm y quería mantener vivo en el mundo su espíritu justiciero.

Estábamos en el recreo y yo paseaba por un rincón algo apartado que hay entre dos pabellones, un porche en el que los mayores (los de bachillerato) van a fumar. Bueno, y para qué vamos a engañarnos, también algunos de la ESO.

Yo nunca he fumado hasta ahora, no me ha dado por ahí. (Mi padre dice que he escrito esto porque sabía que él lo iba a leer. Supongo que es imposible convencerle de mi inocencia.)

Pues ahí estaba Marcos, uno de los pocos chicos de mi clase con los que me llevaba bien. No era mal chaval, pero para su desgracia tenía cara de empollón, sacaba notas de empollón y levantaba la mano en clase como un empollón. Vamos, que *era* un empollón. Lo habían rodeado otros cuatro alumnos, entre ellos Bermúdez, el matón oficial de segundo de la ESO.

Por lo que escuché, el problema fundamental era que Marcos no les quería pasar los ejercicios de matemáticas para que salieran a la pizarra en la clase siguiente.

—Mira, cuatrojos –le estaba diciendo Bermúdez–, tienes dos opciones: pasarme los problemas y que solo te dé una colleja, o que te los tenga que quitar yo y encima te aplaste esas gafas de culo de botella de champán que llevas.

Todo lo mal que se explicaba Bermúdez cuando le preguntaban en clase, se le volvía elocuencia cuando nos soltaban en el patio. A mí me caía fatal, y creo que una de las razones es que la ropa que llevaba me recordaba a la de Keio.

Marcos no decía nada. Era evidente que estaba muerto de miedo, pero el muy cabezota sacudía la cabeza para negarse. Si me llega a pillar otro día, le habría tirado de la oreja y le habría convencido para que soltara los problemas, que a él le daba igual: al fin y al cabo, no le iban a quitar nota.

Pero no, no se me ocurrió eso, ni tampoco alejarme, que hubiera sido lo más sensato. A lo mejor me duraba el efecto de la videoconsola y me creía que aún tenía el superpuño vibratorio de la pantalla siete.

—¡Eh, tú! –le dije a Bermúdez, y añadí una de las frases más originales del mundo–: ¿Por qué no te metes con alguien de tu tamaño?

Creo que él no me entendió bien. No me refería a mí mismo, porque al fin y al cabo Bermúdez me sacaba la cabeza. Lo decía en general, como una especie de propuesta, para que se buscara a algún grandullón por el patio y se pegara con él.

El de Bermúdez sí que era un superpuño.

Luego, en los servicios, Marcos me dio las gracias mientras yo me remojaba el ojo con un pañuelo empapado. Era lo menos que podía hacer. Y lo más que hizo, porque ni a mí me quiso dejar los problemas de matemáticas el muy rácano.

Después de la dichosa clase de piano, llegué a mi casa a las siete de la tarde. Era invierno, así que ya había anochecido. Ana no estaba. Los miércoles le tocaba el día libre. Mi padre tampoco había llegado. Solía quedarse en la editorial hasta tarde. Cada vez escribía menos en su estudio y más en el trabajo, algo que yo no entendía muy bien. Un escritor debe estar solo y tranquilo, ¿no? Sin embargo, él no hacía más que reunirse. ¿Para qué? ¿Para decidir si al segundo capítulo le ponían el *Dos* en número arábigo, en romano o en jeroglífico?

Claro que a mí no me convencía. Lo de Keio no eran novelas, por mucho dinero que dieran. Las novelas de verdad eran las de Kalanúm, solo que yo no me atrevía a decírselo. Hacía tiempo le había preguntado por qué no volvía a escribirlas y él se enfadó tanto que se puso rojo. A mí se me saltaron las lágrimas y le dije que, aunque no fueran para nadie más, que las escribiera para mí. Entonces se arrepintió, me dio un abrazo y me dijo que lo sentía mucho, pero que ya no podía hacerlo.

—Ya no soy la misma persona que escribió aquellas novelas.

No añadió nada más, pero yo entendí lo que quería decir: que cuando se murió mi madre también se murió el hombre que escribía las historias de Kalanúm.

Aquella noche lloré. Pero solo tenía once años: eso le pasa a cualquiera.

Ahora, con mis trece años, si me entraban ganas de llorar me mordía los labios y me aguantaba. Pasé por mi habitación para dejar la mochila y de paso le pegué una patada a un muñeco de Keio que tenía justo para eso, para hacerme de saco de entrenamiento. Era bastante grande, por lo menos un metro, y me venía justo a la altura para darle con el pie en la cabeza. Aún me acordaba de dos o tres patadas de kárate, y me encantaba practicarlas con Keio, porque me caía fatal. Ya sé que debería estarle agradecido, porque mi padre ganaba un mazo de pasta con él, pero no podía evitarlo: me caía mal, y punto.

Me preparé un bocadillo de jamón en la cocina, cogí una coca-cola y me puse a hacer los deberes. Cuando llevaba quince minutos me lo pensé mejor. ¿Por qué no esperar a que llegara mi padre? A lo mejor hasta se fijaba en mí y pensaba: «¡Qué hijo más aplicado tengo!». Hacer los deberes sin testigos es tan inútil como poner una película en un cine vacío.

Así, de paso, podía curiosear en su estudio. Ya no era lo mismo que antes, pero aún me gustaba echar un vistazo de vez en cuando. Me sabía la clave de acceso a su ordenador desde hacía tiempo...

(Lo siento, papá. A un héroe se le pueden perdonar esos pecadillos, ¿no crees?)

... pero esta vez no llegué a encenderlo. Antes de que lo hiciera, sonó un ruido que me asustó. Casi salí corriendo, pero solo era la impresora. ¿Qué hacía encendida?

De pronto, se puso a funcionar sola y un folio empezó a salir de ella. Me quedé alucinado. A lo mejor mi padre había puesto una alarma fotoeléctrica en el estudio y tenía preparado un mensaje para imprimir: TE HE PILLADO. A LA CAMA SIN CENAR.

Pero no era así. Cuando la impresora terminó, saqué el folio y me quedé aún más alucinado. Estaba escrito a mano, y digo a mano *de verdad*, no con una fuente de esas que imitan caligrafía. Reconocí la letra sin problema, pues era la de mi padre. Esto es lo que ponía:

Érase una vez un escritor de cuentos fantásticos que tenía una mujer y un hijo. Vivían muy felices en un barrio tranquilo y verde. El escritor poseía una imaginación enorme. Sus cuentos estaban poblados de personajes mágicos y lugares maravillosos. Tan fértil era su pluma que entre todos sus cuentos podían sumar un mundo entero, con sus gentes, sus lugares, sus noches y sus días, sus cielos y sus mares. Y el mundo se llamaba Kalanúm. Y en él, los buenos ganaban y los malos perdían. Y había dragones que volaban, y brujas, y hechiceros que dominaban el fuego y el agua. La magia era normal en Kalanúm, tan normal como comer o pasear. Y los Héroes de Kalanúm eran sabios y poderosos, y sus luchas eran limpias y justas.

Pero un día, un mal día, una terrible enfermedad acabó con la vida de la mujer del escritor. Desesperado, ciego por la rabia, en esa noche el hombre escribió un cuento terrible: un cuento lleno de violencia en el que el héroe era un ser poderoso, pero cruel; fuerte, pero egoísta; astuto, pero sin sentimientos; que luchaba por luchar, sin razón y sin motivo, solo por placer. Este nuevo héroe se llamaba Keio, y la historia se convirtió en un éxito de ventas nada más publicarse. El éxito era tal que se hizo una película, y una serie de dibujos animados, y videojuegos, y camisetas, y todo lo que pudiera dar dinero.

Así que el escritor se hizo muy rico y siguió escribiendo sobre Keio, y usó el dinero para dar a su hijo todo lo que se le puede comprar a un niño. Pero el niño nunca volvió a oír un solo cuento sobre Kalanúm, porque su padre ya no escribía sobre ello.

Y mientras tanto, en Kalanúm, la magia iba perdiendo su poder ante la violencia de Keio y sus secuaces. Aquel mundo fantástico se derrumbaba por momentos, acosado por las brutalidades, la falta de amor y la sangre derramada; porque la gente que Keio mataba nunca volvía a renacer. Y cada vez quedaban en Kalanúm menos Héroes, y ya no tenían poder.

En un último intento por sobrevivir, los habitantes de Kalanúm pidieron a su hada más poderosa, Sileya, que cruzara la frontera entre fantasía y realidad para suplicar al escritor que dejara de escribir aquellas historias de violencia y de terror.

Sileya, el hada de la voz de nieve, emprendió su camino. Y toda la esperanza de las gentes de Kalanúm partió con ella.

Me leí aquella hoja tres veces seguidas. No entendía nada.

Es decir, sí que entendía, pero estaba alucinando. Aquella historia era real, al menos al principio. ¡Si hasta salía yo! A lo mejor mi padre había empezado a escribir un diario. Pero después decía que Kalanúm existía de verdad. Así que o mi padre se había vuelto loco y ahora sí que se creía de verdad sus propias historias, o es que estaba empezando de esa manera tan extraña una nueva novela.

Encendí su ordenador y estuve buscando el archivo del que había salido aquel folio. Pero por más que registré todas las carpetas, hasta las ocultas, no encontré nada.

Luego me fijé más de cerca en la hoja y vi que no solo la habían escrito a mano, sino además con un bolígrafo. Yo tenía en la mochila un Bic negro, de punta fina. Fui a por él y lo probé. ¡Escribía exactamente igual!

¿Cómo podía salir por una impresora láser un folio escrito con bolígrafo Bic?

Aquello me parecía tan raro que no sabía qué pensar. Hasta pasé miedo. Pensé: «¡Qué mala suerte que Ana haya librado hoy!».

Para colmo, sonó el teléfono. Era mi padre: que tenía una cena y que no le esperara levantado. Así que me fui a mi habitación, atranqué la puerta poniendo una escoba entre la silla y el picaporte y me metí en la cama con la luz encendida. Al final, con miedo y todo, me acabé durmiendo.

Tuve pesadillas y sueños extraños, aunque ya no me acuerdo de ellos. Me desperté al oír la puerta, escaleras abajo: yo, que duermo como un tronco y que aquella mañana no había oído el despertador. Imaginaos si estaba nervioso. Pero no era para menos. Esperad a que vuestros electrodomésticos se pongan a hacer cosas raras mientras estáis solos en casa. Ya veríais, ya.

Era mi padre. Reconocí los ruidos que hacía: echar el cerrojo, dejar las llaves en el recibidor, soltar el reloj en cualquier sitio (siempre lo andaba perdiendo). Luego empezó a subir las escaleras y me di cuenta de que debía de haber bebido un poco, porque iba como a trompicones. Lo hacía desde que murió mi madre. No quiero decir que se hubiese convertido en un borracho, pero de vez en cuando bebía un poco más de la cuenta y al día siguiente estaba de peor humor.

En vez de ir a su habitación, se dirigió al despacho. Me espabilé del todo. ¿Y si se enteraba de que yo había estado dentro? El folio seguía sobre la mesa, al lado de la impresora. A lo mejor se le ocurría que era cosa mía. Como broma, me daba la impresión de que no le iba a hacer demasiada gracia.

Entonces oí su voz.

—¿Quién es usted? ¿Qué hace aquí?

Se me pusieron los pelos de punta. ¡Así que había alguien en la casa y yo no me había enterado! Antes de pensármelo dos veces, salté de la cama y salí de la habitación, por si tenía que ayudar a mi padre. Seguro que si me lo pienso no lo hago, porque aún me dolía el ojo del puñetazo que me había dado Bermúdez aquella mañana por meterme en camisa de once varas.

El estudio estaba abierto, y la luz encendida. Vi la espalda de mi padre y a la vez oí hablar a una mujer. No pude distinguir lo que decía, pero su voz era tan bonita que pensé que no podía ser ninguna amenaza. Me aparté un poco, pegado a la pared para que mi padre no me pillara, y agucé el oído.

—¿Qué significa esto?

Era mi padre.

—Léelo.

Ahora era esa hermosa voz. Hubo un minuto de silencio, y pensé que mi padre debía de estar leyendo aquel folio que había salido de la impresora como por arte de magia. ¿Lo había escrito él? Y si no era así, ¿qué pensaría de él?

La respuesta llegó enseguida.

—¿Qué truco es este? ¿Quién ha falsificado mi letra?

Se notaba que quería contenerse, seguro que para no despertarme, pero que le estaba costando mucho esfuerzo no gritar. Ella le respondió sin alterarse. Su voz me recordaba un poco a la de mi madre, que era tan serena que siempre lograba tranquilizarme cuando yo no podía dormir porque estaba nervioso por un examen de matemáticas o porque me había hinchado a galletas y me dolía la tripa.

—Tú sabes que nadie lo ha hecho –dijo ella–. Lo que está escrito lo podría haber firmado tu corazón.

—¡Mi corazón! Yo ya no tengo corazón. Y el cerebro se me debe de estar fundiendo. Sí, eso es, tengo un delírium trémens y tú eres una visión. No puedes ser real.

—Tú tienes el poder de hacer reales tus visiones. ¿Acaso no lo sabías? Aquí me tienes: sí, soy una de ellas. Soy Sileya, tu primera visión. ¿Es que no lo recuerdas?

—Sileya... ¡No pronuncies ese nombre! –amenazó mi padre.

Si me hubiera hablado a mí en ese tono, habría temblado. Pero ella le contestó con la misma tranquilidad.

—Tú me lo pusiste cuando me diste el ser. Si ahora quieres quitármelo, me quitarás todo lo que soy. Pero qué más da: al fin y al cabo, ya lo estás haciendo.

—¿Qué quieres decir?

Ella empezó a contestarle, pero en ese momento mi padre cerró la puerta, como si ya no tuviera prisa por echar de casa a esa mujer, y no pude entender lo que decían. Por si acaso, volví de puntillas a mi habitación y me senté en la cama.

Lo que me pasó luego es un poco humillante. A pesar de lo nervioso que estaba y lo emocionante que era todo aquello, me quedé dormido.

—¡Fuera de aquí! ¡No quiero volver a verte!

Me incorporé con el corazón a punto de saltárseme del pecho. Al principio, como estaba medio dormido, pensé que mi padre me lo estaba diciendo a mí. Pero luego oí aquella voz de mujer, y esta vez no sonaba tan serena. Se notaba que se había enfadado, aunque no gritaba.

—Como quieras. Pero encontraré a alguien que me crea. Siempre consigo lo que quiero, y tú deberías saberlo.

Hubo un portazo. Era la puerta del despacho, no la de la calle. Así que mi padre debía de haberse encerrado y ella seguía en la casa.

Me levanté de la cama y abrí la puerta. Ella venía hacia mi habitación.

Me quedé boquiabierto, y no era para menos.

En primer lugar, por la ropa de esa mujer. Llevaba un vestido largo, plateado y cubierto por una gasa transparente que brillaba con destellos de colores, y estos bailaban alrededor de ella como un arco iris de luciérnagas. Lo que más me llamó la atención fue su gorro, alto y picudo, como el de una princesa o un hada. Debía de ser lo segundo, porque llevaba en la mano una varita de madera rematada con una estrella de oro.

Todo eso me habría parecido ridículo si ella no hubiese sido tan guapa. No era rubia, como solemos imaginarnos a las hadas, sino que tenía el pelo muy negro, y le llegaba casi por la cintura.

Los ojos, sobre todo, eran preciosos. No sé si eran azules o verdes, o incluso grises. Brillaban desde dentro como si tuviera dos lucecitas debajo de las pupilas. Cuando me miró a la cara, me empezaron a temblar las piernas y me quedé sin saber qué decir. Nunca había visto a una mujer tan guapa, y me sentía torpe y feo solo por estar allí, delante de ella. ¡Y además, en pijama! Menos mal que ese día no me había puesto el de los ositos panda, que si no me da algo.

—¿Qué haces levantado tan tarde, Carlos?

Si no hubiera tenido la boca abierta como un bobo, la habría abierto entonces. ¡Así que sabía cómo me llamaba!

Me puse muy contento, aunque no sé por qué. Esa chica y yo nunca podríamos llegar a nada. Porque lo que más me llamaba la atención en ella era cuánto me recordaba a mi madre.

Con todo eso, se me olvidó contestar.

—¿Se te ha comido la lengua el gato?

¡Lo mismo que habría dicho mi madre! Primero, que por qué no estaba acostado. Y después, que si se me había comido la lengua el gato.

—¿Quién eres? –pregunté.

No era una frase muy inspirada, pero las hay peores.

—Me llamo Sileya. Creo que no me conoces.

—No sé... –meneé la cabeza–. Me suenas de algo.

Ella sonrió con dulzura, se sentó sobre el borde de mi cama y me invitó a que hiciera lo mismo. Yo obedecí como un corderito.

—Tú también me resultas familiar, Carlos. No te conocía hasta ahora, pero de alguna manera te tenía en mi cabeza.

Me sentí muy halagado. De cerca, sus ojos eran aún más bonitos. Y seguía sin saber su color. A lo mejor eran de un color que no existe en este mundo.

—¿Y cómo puede ser eso? –pregunté.

—Tenemos algo en común, tú y yo.

—¿De verdad?

—Ambos le debemos la existencia a tu padre.

Hubo un instante terrible. Me dio miedo que confesara: «Soy una hija secreta de tu padre. Tú y yo... somos hermanos». Pero la idea me resultó tan absurda que la borré enseguida de mi cerebro.

Claro, que lo que me explicó a continuación era aún más absurdo.

—Tú eres una creación de su cuerpo, y yo lo soy de su mente.

—¿Cómo?

—Es lo que estás pensando. Soy un personaje creado por tu padre.

—¿Cómo? –repetí–. ¿No eres real?

Ella me acarició la mano. Debía de ser de carne y hueso, porque se me pusieron de punta los pelillos del antebrazo.

—Real o no real, digamos que existo y ya está. Y me gustaría seguir existiendo. Por eso he venido.

Entonces recordé quién era ella: el hada Sileya. Pocas horas antes había leído su nombre en el folio que había brotado de la impresora por arte de magia. Era normal que se me hubiese olvidado: nunca había oído hablar de Sileya, pues era un personaje que jamás había salido en las novelas de Kalanúm.

—Así que has venido para convencer a mi padre de que deje de escribir sobre Keio...

Ella asintió con tristeza.

—No he conseguido nada. Tu padre, el mismo que me imaginó, ya no cree en mí. Me ha echado de su estudio.

—Eres un hada. ¿Por qué no has hecho magia para convencerle?

—Porque él ya no cree en la magia.

—No lo entiendo.

—Mi magia depende de él. Soy uno de sus personajes. Para que él crea en la magia, yo tengo que hacer magia y demostrarle que existe. Pero para que yo pueda hacer magia, necesito que él crea en ella.

—O sea, que es un círculo vicioso –dije, porque hacía poco me habían enseñado en el instituto qué significaba esa expresión.

—Así es. Me temía que esto iba a suceder, pero tenía que intentarlo. Él era nuestra última esperanza.

Parecía a punto de llorar. Ahora que lo pienso, me pregunto si me estaría manipulando un poco. A las mujeres guapas eso se les da muy bien, sobre todo con los pardillos adolescentes como yo.

Manipulado o no, tuve un arrebato heroico.

—¡Yo te ayudaré!

Sileya me volvió a acariciar la mano. Me hubiera pegado con treinta tíos como Bermúdez por ella.

—¿Cómo?

—¡Yo sí creo en Kalanúm! Llévame allí contigo. Imaginaré que los Héroes recobran su poder para que le pongan las pilas a Keio.

—Pero tú no eres el autor. No sé si eso funcionará.

—Soy su hijo. Seguro que eso vale para algo. El cincuenta por ciento de mis genes son suyos, así que por lo menos conseguiré el cincuenta por ciento de lo que consiga él.

Sileya pareció confundida. No era culpa suya. Venía de un reino mágico en el que aún no habían descubierto la genética.

De pronto sonrió, con un poco de picardía.

—Espera... –me dijo–. Tal vez, si vienes conmigo, podamos obligar a tu padre a que nos haga caso. ¿Estás dispuesto a hacer de rehén?

Asentí. Confiaba en ella casi desde antes de conocerla.

—En ese caso, necesitamos algo más... ¿Tienes algún cuaderno de los que usaba tu padre para escribir sobre Kalanúm?

Sonreí, triunfal. Busqué en un cajón que había debajo de la cama y saqué un cuaderno de espiral muy pequeño. Se lo enseñé.

—Aquí tomaba las notas cuando se le ocurría una idea por la calle, o en el autobús, o en cualquier otro sitio. Mira, lo último que escribió: *Hacer que llueva en algún capítulo. Si no, K. va a parecer el Sáhara.* ¿Crees que esta libreta valdrá?

—Si aún queda algo de magia en Kalanúm, sí.

—¡Pues vamos allá!

La idea de pisar el reino con el que tanto había soñado era tan excitante que me agarré a ella como una lapa.

—No tan rápido, jovencito. ¿Piensas ir a Kalanúm en pijama?

Me puse colorado. ¡Ni me había dado cuenta!

Sileya se dio la vuelta mientras yo me cambiaba. La verdad, si hubiera tenido los músculos de Stallone no me habría importado que me viera, pero no me hacía mucha gracia que me contara las costillas o se riera de los tres pelos que me habían salido en el pecho. Me puse unos vaqueros, unas zapatillas de deporte, una camiseta, un jersey y una cazadora. Y, por si aparecíamos en algún desierto, una gorra para protegerme de las insolaciones. Por último, cogí la mochila del instituto y metí un par de mudas, la Gameboy por si trataba con salvajes y la podía cambiar por oro o diamantes, y una linterna, que nunca se sabe.

—¿Listo?

—Listo.

—Acércate.

Sileya me puso las manos en los hombros y empezó a cantar. Luego supe que se trataba de la *Canción de la Frontera.*

—*Mi imaginación puede volar / con las mismas alas que la realidad. / Mi imaginación sabe cantar / y abre la frontera...*

Aún le quedaba algo de magia. En el fondo, mi padre no debía de haber perdido toda la fe en Kalanúm. Con esa esperanza, me dejé arrullar por la voz de Sileya y, entre una nube de luz y vapor, me preparé para el viaje.

CARLOS

ME gustaría saber escribir bien para explicaros lo que sentí al aparecer en Kalanúm. ¡Después de tantos años de imaginarme aquel reino mágico, por fin estaba en él! Me pellizqué, porque lo normal era pensar que estaba soñando, y me dolió. «Claro», pensé, «que si es un sueño como Dios manda, en él también dolerán los pellizcos».

Pero no era un sueño. En los sueños las cosas cambian constantemente, y la persona con la que estás hablando se convierte en un cepillo de dientes y luego en el armario de tu habitación, y tu habitación se convierte en una estación de metro o en la clase del instituto. Si en un sueño intentas leer algo, no verás más que letras que bailotean apretujándose, y no encontrarás ni una sola frase con sentido. En cambio, en Kalanúm todo era raro y distinto, pero no cambiaba, y los libros se podían leer. Pero no quiero adelantarme...

La nube de luz y vapor que nos había rodeado en mi habitación desapareció poco a poco. El paisaje se despejó, y cuando me di cuenta de dónde estaba me agarré a Sileya para no caerme.

Nos encontrábamos en lo alto de una gran

torre, un mirador que parecía a medias construido por manos humanas y a medias parte de una montaña. Desde allí podían verse leguas y leguas de terreno (en Kalanúm, las distancias se miden en leguas y no en kilómetros, por si no os acordabais). Todo a vista de pájaro. No sé cuántos metros habría de caída, pero no tenía el menor deseo de comprobarlo.

Como si me hubiera leído el pensamiento, Sileya me dijo:

—Ten cuidado. Ahora eres parte de Kalanúm, y puedes sufrir daño, como cualquiera de nosotros. No te descuides pensando que esto es una fantasía.

Después me estuvo explicando lo que se veía desde allí. Yo recordaba el mapa que había dibujado mi madre y conocía casi todos los nombres, pero no me había imaginado que las cosas fueran tan reales. Las montañas de Imbria se veían al noreste, algo borrosas porque estaban muy lejanas, pero enormes, mucho más impresionantes que la sierra que se ve al norte de Madrid. ¡Y aún se atisbaban las tierras que había al otro lado! Me di cuenta de que en aquel lugar no había horizonte: el paisaje se difuminaba cada vez más en la lejanía, hasta que se perdía de vista.

—¿Por qué no hay horizonte? –pregunté.

Sileya soltó una suave carcajada.

—Me temo que Kalanúm es plano, Carlos.

—¿Plano? Pero si la Tierra es redonda...

—Esto no es la Tierra, Carlos. En Kalanúm no valen las mismas reglas que en tu mundo.

—Pero ¿por qué se le ocurrió a mi padre que Kalanúm fuera plano?

—Creo que ni siquiera pensó en ello. Simplemente, salió así.

¡Qué interesante, un mundo como un gigantesco plato cósmico! Me di cuenta de que, en días claros, desde aquel mirador debía de verse a cientos de kilómetros. Perdón, de leguas.

—Ahora, mira hacia el oeste —me dijo Sileya.

Me di la vuelta, con mucho cuidado, porque el antepecho del mirador estaba tan bajo que no me ofrecía ninguna confianza.

Por allí estaba el mar. Aunque se veía borroso, su color azul era inconfundible.

—¿Ves esa mancha negra, allí a lo lejos? —me preguntó Sileya.

Sí que la veía. Flotaba sobre el mar, como el hongo de una explosión nuclear cuando empieza a levantarse del suelo. También me recordó a la *boina* de contaminación que suele verse encima de Madrid, aunque mucho más oscura.

—Lo que hay debajo de esa nube es Megalia —me explicó Sileya—. La ciudad de Keio. Empezaron a construirla en una gigantesca plataforma sobre el mar, cimentándola sobre miles y miles de gruesos pilares. Pero crece día a día, como la misma nube de la que respira, y ahora sus edificios de acero y sus barracas de plástico están unidos a la orilla por un camino de metal.

Cuando pronunció «acero» y «plástico» lo hizo

con desprecio. En Kalanúm solo se construía con piedra y madera. Los materiales modernos no pintaban nada en aquel reino mágico.

—¿Y ese pueblo que se ve aquí abajo? –pregunté, señalando al pie de la atalaya.

—Es Pamirna, la ciudad del vidrio. ¿No la recuerdas?

—¡Ah, sí! Salía en... *Los artistas perdidos*.

—Pues a ella nos dirigimos. ¡Cuidado al bajar!

Podía haberse ahorrado la advertencia. Se bajaba por una escalera de caracol tallada en la piedra, que no tenía barandilla de ningún tipo. Fui todo el rato pegado a la pared y alejando los pies del borde lo más que podía. A la mitad del trayecto empecé a pensar que a lo mejor mi idea no había sido tan buena. ¿Y si me entraba un mareo, me tropezaba y caía? ¡Menudo ridículo, matarse en un cuento! Seguro que la gente hasta se reía en mi entierro.

¿Y dónde me iban a enterrar si me pasaba algo: en Kalanúm, en el cementerio de la Almudena o en una papelera?

Cuando llegué abajo me temblaban un poco las piernas, pero no me sentí un cobarde por eso. ¡Habría que haber visto a Bermúdez, con todo lo gallito que es!

—Has sido un valiente, Carlos –me animó Sileya, y casi me sentí un héroe.

Seguimos un camino que cruzaba un río por un puente de piedra azul, para atravesar después un bosquecillo de abedules y pasar junto a huertos y sembrados en los que no crecía nada.

Desde lejos, Pamirna tenía muy buen aspecto. Estaba rodeada por una muralla que me recordaba a las de Ávila. Al otro lado, los tejados de las casas reflejaban la luz del sol. Recordé que los artesanos de Pamirna hacían maravillas con el cristal y el vidrio. Toda la ciudad parecía una gran joya tallada.

Pero cuando entramos en ella vi que ya no era tan hermosa. Habían arrancado la mayoría de las incrustaciones de vidrio de las paredes de las casas, y también de muchos tejados. Se veían edificios derrumbados por todas partes, y en algunas calles la basura y los escombros no nos dejaban pasar.

Y apenas había gente allí. Los pocos que había se asomaban al oírnos pasar, nos miraban con cara de miedo o de pocos amigos, y volvían a cerrar puertas y ventanas. Hasta los perros que merodeaban entre la basura llevaban el rabo entre las piernas, estaban famélicos y tenían los ojos tristes y legañosos.

—¿Qué está pasando aquí? –pregunté.

—No te gusta, ¿verdad? Seguro que no es lo que esperabas ver en Kalanúm. Si todo está tan deteriorado, es porque tu padre nos tiene abandonados. Y, sobre todo, por culpa de Keio. ¿Cómo es su mundo?

—¿Cuál?

—El de Keio.

Pensé en ello. Aunque no me gustaban sus aventuras, me las había tragado por fuerza mil veces. El mundo de Keio estaba hecho de rascacielos de acero y cristal, puentes gigantescos y máquinas increíbles; pero también era oscuro, lleno de escombros, vertederos y humo, de factorías abandonadas, de gente andrajosa, de delincuentes y tribus urbanas que se mataban por cualquier cosa.

Cuando se lo expliqué, Sileya asintió.

—Kalanúm, a la vez que desaparece del recuerdo y de la imaginación de tu padre, se está convirtiendo poco a poco en el mundo de Keio.

—Así que mi padre tiene la culpa de todo esto.

—Tampoco debemos ser muy duros con él. Al fin y al cabo, él nos creó.

—Pero si ya lo ha hecho, no tiene derecho a destruiros. Sois como sus hijos, como...

Me quedé dudando un momento. Sileya terminó la frase.

—Somos como tú. Sí, en cierto modo todos nosotros somos tus hermanos. Por eso esperamos que nos ayudes. Bien, ya estamos llegando.

—¿Adónde?

Sileya no me contestó, pero no tardé en enterarme. Tras pasar bajo un arco en el que aún quedaban incrustaciones de cristales preciosos, entramos en una plaza que estaba abarrotada de gente. Me quedé sorprendido. Después de todo el abandono que habíamos visto, parecía como si allí estuvieran celebrando una fiesta. Habían engalanado los edificios que daban a la plaza con cintas, guirnaldas y, sobre todo, muchos cristales de colores que brillaban al sol. Sin embargo, en las paredes aún se notaban las cicatrices, como si les hubieran hecho a las casas una operación de cirugía estética barata.

Había gente de todas las edades, aunque abundaban más los viejos que los jóvenes. Cuando vieron a Sileya empezaron a aclamarla, o así me pareció a mí.

—¡Cuánto te quieren! –comenté, entre sus «hurras» y «vivas».

—No es por mí, sino por ti –me dijo Sileya al oído.

Allí debía de haber una equivocación. Yo estaba tan alucinado de que me aclamaran como ellos empezaron a estarlo cuando se dieron cuenta de a quién estaban aclamando. Los «hurras» y los «vivas» se fueron desinflando poco a poco hasta que se hizo el silencio.

Se adelantó a recibirnos un viejo que vestía una larga túnica de color morado bordada con signos extraños. También llevaba un turbante con una gruesa joya azul y se apoyaba en un bastón de marfil tallado. Una barba le hubiera quedado perfecta, pero no la tenía. En realidad, parecía que lo hubiese afeitado un gato a arañazos.

De pronto me di cuenta de que le conocía. ¡Pero si era Bolardos, el antiguo editor de mi padre!

—¿Qué hace usted aquí, señor Bolardos?

Él se me quedó mirando con cara de pocos amigos.

—¿Cómo me has llamado, jovencito? ¡Yo soy Arfagacto, el Bibliotecario Mayor de Demiuria!

Decidí cerrar la boca. Pensándolo bien, aquel hombre no era exactamente igual que Bolardos, pero se le parecía mucho. Era evidente en quién se había basado mi padre para crear aquel personaje. No sería el último doble de una persona del mundo real que iba a encontrar en Kalanúm.

Arfagacto-Bolardos se dirigió a Sileya.

—Hemos venido aquí, a Pamirna, como tú nos dijiste, Sileya –dijo–. ¿Es este joven el elegido, la persona que fuiste a buscar para salvarnos?

De pronto noté que unos mil pares de ojos estaban clavados en mí. Es una sensación muy cortante, os lo puedo jurar.

Sileya me miró un segundo y sonrió. Eso me dio más ánimos. Por una sonrisa así merecía la pena hacer cualquier cosa.

—Carlos es la persona a la que he elegido –contestó Sileya. Era muy extraño: no le hacía falta levantar la voz para que todo el mundo la oyera perfectamente. Creo que hasta en clase nos habríamos callado con ella.

—Pues si tú la has elegido, ¡que así sea! –dijo el anciano.

Después, levantó su bastón, y esa debió de ser la señal para que empezaran de nuevo los vítores. La gente había formado hasta entonces un corro, pero ahora se me echaron encima. Cuando me quise dar cuenta, me llevaban a hombros, como si acabara de cortar dos orejas en las Ven-

88

tas. Así me pasearon por la plaza hasta una tarima de madera que habían levantado en un extremo, y me dejaron encima.

Solo. Delante de toda aquella gente que no paraba de aclamarme. Yo estaba avergonzado. Como no sabía qué hacer, levanté la mano derecha. Los gritos se hicieron mucho más fuertes por la parte derecha de la plaza. Me hizo gracia, así que levanté la mano izquierda y esta vez fueron los de aquella parte los que la armaron.

Entonces levanté las dos manos y ya no os cuento el griterío que se formó. Le estaba cogiendo el gusto a aquello. Si mi padre me hubiera apuntado a guitarra eléctrica en vez de a piano, me habría montado un recital ahí mismo y luego habría roto la guitarra en mitad del escenario. Quedaría guapo, ¿que no?

Después, la gente se fue calmando. Mientras todo eran gritos, bien; pero ahora volví a darme cuenta de cuántos ojos me miraban. Querían algo de mí, eso estaba claro. Como no me pidieran algo muy fácil, pero que muy fácil, íbamos a tener problemas.

—¿Cuáles son tus poderes? –me preguntó una mujer gorda que estaba casi al pie del escenario.

Hubo un siseo generalizado y se hizo un silencio total. Estaban esperando mi respuesta.

¿Y qué les contestaba yo? ¿Que sabía cascarme los nudillos de las dos manos a la vez? No me parecía que ese tipo de poder fuera a convencerlos.

Busqué a Sileya entre la gente, para que me

ayudara. Estaba a unos diez metros de mí, junto a Arfagacto, y me sonreía. Vale, aquella sonrisa podía dar ánimos a cualquiera, pero como respuesta decía bien poco.

—¡Sí, dinos qué poderes tienes! –intervino otra voz, y esta ya me pareció un poco agresiva.

¿Por qué no me tragaría la tierra? Me metí las manos en los bolsillos, aunque no parecía el gesto más apropiado. Me topé con el cuadernillo de mi padre. Ahí estaba mi poder. En libretas como esa mi padre había tomado las notas que le ayudaron a crear Kalanúm. Tal vez yo podría hacer lo mismo.

Saqué el cuaderno y el lápiz del bolsillo y escribí. La gente empezó a murmurar, y algunos se atornillaron la sien con el dedo índice, lo cual en Kalanúm parecía significar lo mismo que en nuestro mundo.

Y la ciudad de Pamirna volvió a brillar, resplandeciente como siempre, plagada de mil cristales y joyas relucientes, refulgentes y resplandecientes...

No me estaba quedando muy bien, pero es que ni siquiera había una mesa donde apoyarme. Levanté la mirada y observé los edificios de la ciudad. De momento, seguían igual, con más tejas que vidrios y con más grietas que joyas. Pero la magia no tenía por qué ser instantánea. Tiempo al tiempo.

El silencio ya estaba demasiado lleno de murmullos. Me daba la impresión de que la misma gente que me había aclamado iba a abuchearme de un momento a otro. ¿Había tomates en Kalanúm? No recordaba ese detalle concreto. ¿Y si me tiraban sandías?

En ese momento ocurrió algo. Empecé a suspirar de alivio, pero el suspiro se me cortó a la mitad. Lo que menos me esperaba oír en Kalanúm era el ruido de un motor a escape libre.

Entraron a la vez por tres puertas de la plaza. Venían en motos pintarrajeadas de colores y vestían como una mezcla de todas las tribus urbanas, aunque llevaban sobre todo cuero negro. Por lo menos eran treinta, y empezaron a disparar al aire y a las paredes de la plaza. Usaban recortadas, subfusiles, armas láser. Los pocos cristales que quedaban en su sitio se rompieron. Las tallas de piedra reventaron. Las guirnaldas y las cintas ardieron. La gente empezó a huir, aunque los motoristas formaron un círculo y encerraron a más de cien personas en él. Entre ellas estaban Sileya y Arfagacto.

Yo me había quedado paralizado. Subido en el entablado, yo solo, era un blanco fácil. Pero nadie reparó en mí.

Los motoristas se quedaron parados, con los motores encendidos, acelerando y desacelerando como auténticos macarras. El ruido seguía siendo ensordecedor. Uno de ellos se bajó y entró en el círculo de prisioneros, apartando a la gente como un cuchillo. Era un hombre alto, delgado, con un casco negro y una visera de espejo que no dejaba ver su cara. Se fue derecho hacia Sileya y la agarró por el codo.

Ella sacudió el brazo y se libró de él. Lo que pasó luego me resultó increíble. El hombre del casco le dio tal bofetada a Sileya que la derribó. Hasta su tocado de hada rodó por el suelo.

Sileya intentó levantarse, pero el miriñaque de la falda la estorbó. Un viejo que estaba cerca se agachó para ayudarla. El hombre del casco, como quien no quiere la cosa, levantó la pierna y tumbó al anciano de dos patadas en la cara, una de derecha y otra de revés.

Por si aquella brutalidad hubiera sido poca, después cogió a Sileya del pelo y la puso en pie de un tirón salvaje.

¿Os acordáis de lo que me había pasado por la mañana en el instituto, con Bermúdez? Pues si me puse así de furioso por el empollón de Marcos, imaginaos cómo me sentí cuando vi que trataban de esa forma a la mujer más guapa que había visto en mi vida.

—¡Eh, tú! –grité, haciendo bocina con las manos–. ¿Por qué no te metes con un hombre hecho y derecho?

Con el ruido de las motos, no me oyeron. Me bajé de la tarima y corrí a ayudar a Sileya. Tan rabioso iba, que salté entre dos motos sin que nadie me pudiera detener y me tiré encima del hombre del casco. Él, sin soltar a Sileya, sin tan siquiera mirarme, se limitó a estirar una mano. No sé cómo lo hizo, pero me acertó justo en la nariz. La misma fuerza que yo llevaba me derribó en el suelo. Durante un rato lo vi todo rojo.

—¡Bien hecho, Keio! –dijo alguien.

¡Así que ese era el fantoche de Keio! Aunque me dolía muchísimo la nariz, me levanté y me encaré con él.

—Escucha, monigote –le dije–. Todas las mañanas antes de desayunar te pateo la cara, así que quítate de en medio.

Si me habéis hecho caso hasta ahora, sabréis que me refiero al muñeco de Keio que guardaba en mi habitación. ¿Cómo iba a tenerle miedo a un personaje que había inventado mi padre? Me parecía ridículo.

Alguien me agarró por detrás, me tiró del pelo hasta casi partirme el cuello y me puso algo puntiagudo en la espalda. Sileya me estaba mirando con los ojos bañados en lágrimas, y me di cuenta de que sentía miedo de verdad. Miedo por mí. Recordé lo que me había dicho: *Ahora eres parte de Kalanúm y puedes sufrir daño, como cualquiera de nosotros.*

Keio se me acercó y se agachó un poco para mirarme mejor. Yo me vi reflejado en su visera, con los labios estirados y los dientes fuera, mientras una manaza enguantada tiraba de mi pelo.

—¿Le rebano la tráquea o le clavo la navaja en la médula espinal, jefe? –preguntó el tipo que me tenía agarrado.

—Espera un momento, Misha. Veamos qué tenemos aquí.

Keio se giró para quitarse el casco y se lo dio a uno de sus secuaces. Después, volvió a mirarme. Y fue entonces cuando me quedé de piedra.

Aquella cara no era como la que aparecía en la película, ni en la serie, ni en las camisetas, ni en los tazos, ni en el muñeco articulado.

Aquella cara era la de mi padre.

—Dios mío... –susurré.

—Aún es pronto, pero más adelante podrás llamarme así –me contestó con una sonrisa cruel.

Era él pero a la vez no era él. Aunque los rasgos eran los suyos, se veían más jóvenes, y a la vez más duros y marcados. Cuando mi padre se enfadaba de verdad y me clavaba la mirada, se le escapaba un gesto parecido. O cuando le venía un mal recuerdo, sacudía la cabeza y se quedaba mirando a la nada, casi con odio.

Aquella cara era como la de mi padre, si nunca hubiese conocido a mi madre ni me hubiese tenido a mí. Si nunca hubiese querido a nadie. No esperaba que aquella cara tuviese compasión de mí.

Además, no me reconoció.

Con su mano enguantada, me agarró de la nariz y me la retorció. Hizo que me arrastrara por el suelo, chillando. Empecé a llorar, en parte de miedo y en parte porque el dolor hacía que se me saltaran las lágrimas.

—¿Este era nuestro héroe? ¡Vaya fracaso! –exclamó alguien.

Por fin, Keio me soltó. Me quedé tirado en el suelo, moqueando y con la nariz aplastada contra las losas. Ni siquiera me atrevía a levantarme. Desde donde estaba, solo veía las botazas de Keio y sus secuaces, y sabía que podían pisarme la cabeza o patearme los dientes en cualquier momento. Yo no era más que un crío de trece años. Cualquiera de ellos podía matarme cien veces.

Keio se acercó a Arfagacto y le agarró por la barbilla.

—Me gusta tu afeitado, viejo. Por cierto, diles a los tuyos que aquí no se permiten manifestaciones no autorizadas, ¿de acuerdo?

El anciano se le quedó mirando con rabia, pero no contestó. Keio volvió a ponerse el casco y montó en su moto.

—Coged a la chica –ordenó a sus secuaces–. Pero no la toquéis: es para mí.

Así que se llevaron a Sileya. Y yo, el "héroe" que había traído para que la ayudara, no pude hacer nada, más que sentarme en el suelo, ver cómo las motos salían de la plaza y secarme las lágrimas y la sangre de la nariz con la manga.

Habría llamado a mi madre. Pero mi madre estaba muerta, y la mujer que más se le parecía acababa de ser raptada por un canalla que tenía la cara de mi padre.

¿Qué podía hacer?

MIGUEL

AQUELLA mañana me desperté con una sensación muy desagradable en mi interior. No era solo el dolor sordo que me palpitaba en las sienes, ni el ardor de estómago que me recordaba que empezaba a ser mayor para abusar de la comida y del whisky. Se trataba más bien de una vaga angustia, esa sensación tan familiar de haber dejado algo sin hacer. O, aún peor, de haber hecho algo mal y no recordarlo.

El reloj marcaba las once y media. Un poco tarde para mi costumbre, pero no tenía ningún compromiso para aquel día. Solo escribir, como siempre. Pero para escribir las historias de Keio lo mismo me daba una hora más que una hora menos. Las hacía como churros con la ayuda de un programa informático de creación de relatos. Estaba casi seguro de que en cuanto apareciera la siguiente generación de ordenadores, el mío podría componer los guiones solo. Solo se trataba de aplicar una fórmula. Si había funcionado una vez, dos veces, hasta tres veces, ¿para qué cambiarla? ¿Qué más daba que siempre fuera lo mismo? Originalidad, creatividad...: chorradas. El dinero entraba a espuertas en Editorial Orbe y, por tanto, también en mi cuenta corriente.

Era jueves. Recordé que Ana había librado la víspera y que hoy no vendría a casa hasta la una. Me tocaba prepararme el desayuno. Casi mejor. Cuando me levantaba así, prefería que nadie me viera la cara.

Me asomé a la habitación de Carlos. Ya era mayorcito para levantarse solo, pero no me fiaba demasiado. No sería la primera mañana que se quedaba dormido.

Había dejado la puerta cerrada, y eso era muy raro si no estaba en su cuarto. Yo solía decirle que si tenía rabo, como las lagartijas, porque nunca cerraba las puertas, del mismo modo que no apagaba la luz, no bajaba la tapa de la taza, no le ponía el tapón al tubo de dentífrico y tampoco guardaba en el frigorífico el cartón de leche.

—Carlos... –llamé con los nudillos suavemente, pero no obtuve respuesta. Insistí un poco más fuerte y levanté la voz–. ¿Carlos?

Una de las reglas de oro cuando se tiene un hijo adolescente es respetar su intimidad. Puedo entenderlo perfectamente, porque yo siempre he sido muy celoso de mi independencia y de mi soledad. Yo nunca entraba en el cuarto de Carlos si antes no me daba permiso. Pero esta vez empecé a preocuparme. Si estaba, le pasaba algo. Y si no estaba, no sería tan malo abrir la puerta. Así que entré.

La cama estaba deshecha. No me sorprendió. Lo que sí me extrañó era que se había dejado todos los libros del instituto encima de la mesa.

Salí al pasillo y le llamé en voz lo bastante alta para que se me oyera en toda la casa. Nadie me contestó. Bajé a la cocina, busqué en los cuartos de baño y en todas las habitaciones, en la cochera y hasta en mi estudio. No había rastro de Carlos.

A lo mejor me estaba poniendo un poco paranoico. ¿Y si se había olvidado la mochila, sin más? No sería tan raro si había tenido que salir corriendo para no perder el autobús.

Algo más tranquilo, me puse a trabajar y así se me pasó el resto de la mañana. A la una llegó Ana y pasó por el estudio para saludarme. A las dos y media me llamó para comer. Yo le dije que andaba un poco retrasado y ella me trajo el almuerzo en una bandeja. Ni siquiera recuerdo qué comí. Por poco que me gustaran las historias de Keio, cuando empezaba a escribirlas no podía desconectarme de ellas.

Después de comer, el dolor de cabeza se hizo más fuerte. Además, la vista se me estaba nublando, así que me tumbé un momento en el sofá del estudio. Es evidente que me quedé dormido, porque mis pensamientos se convirtieron en extrañas visiones con vida propia. Había una mujer muy hermosa que me hablaba en un idioma que yo no entendía, y muchas otras cosas mezcladas que no recuerdo.

Me desperté otra vez con esa vaga sensación de angustia. Debía de haber dormido más de la cuenta, pues en el exterior ya había oscurecido. Me incorporé y pensé en la mujer del sueño. Su cara me resultaba familiar. Se parecía mucho a Silvia, y de pronto recordé algo.

Yo había visto a aquella mujer la noche anterior.

Me concentré en recordar lo que había pasado cuando llegué de la cena. Había bebido de más, pero aun así, ¿cómo podía haberme olvidado de algo tan extraño? Una mujer muy guapa, pero loca de atar, se había colado en mi estudio asegurando que era el hada Sileya. Pretendía que dejara de escribir las historias de Keio, porque al hacerlo estaba aniquilando el mundo de Kalanúm...

Me acordé de *Misery*, aquella novela de Stephen King, y sentí un escalofrío. También había visto la película, y no podía olvidar cómo aquella fanática chiflada de las novelas de James Caan le había torturado para que resucitara al personaje de Misery. La escena en que le partía el pie era tan aterradora que yo había apartado la mirada para no verla.

¿Me podría pasar algo así a mí si no volvía a escribir sobre Kalanúm?

De pronto me asaltó un pensamiento mucho peor: ¿y si a quien le pasaba algo era a Carlos?

En ese momento, Ana llamó a la puerta.

—¿Sí?

La muchacha asomó la cabeza. Parecía preocupada.

—Miguel... Carlos no ha venido aún.

El corazón se me aceleró. Era como si Ana me hubiese leído el pensamiento.

—Se habrá entretenido en la clase de piano.

—Los jueves no tiene piano.

Me levanté del sillón como si tuviera un resorte. ¿Qué podía haber pasado?

Llamamos al Liceo, pero ya estaba cerrado. ¿A quién llamar? Conocía al padre de un compañero de Carlos, así que me puse en contacto con el muchacho y le pregunté si había visto a mi hijo. La respuesta fue negativa: no había ido a clase aquella mañana.

—¿Qué? –me preguntó Ana. Estaba tan preocupada como yo. No me extraña, era una buena chica y sé que nos tenía cariño a los dos.

Iba a decirle que Carlos no había ido al Liceo, pero un impulso repentino me hizo mentir.

—Nada, no sabe nada. Se habrá entretenido con algún amigo... No te preocupes aún. Si dentro de un rato no ha llegado...

Dejé la frase sin terminar. Ella asintió.

—Iré preparando la cena.

—De acuerdo.

¿Por qué le había dicho eso? Supongo que porque quería pensar a solas, sin tenerla allí mirando con cara de ansiedad. Estaba convencido de que lo que pasaba tenía alguna relación con la misteriosa visita de la noche anterior.

Me senté en mi escritorio y traté de pensar,

pero la cabeza me dolía cada vez más. Entonces reparé en la hoja manuscrita que había junto al ratón. Al cogerla, recordé que la noche antes ya la había leído. Se suponía que era mi letra.

Érase una vez un escritor de cuentos fantásticos que tenía una mujer y un hijo. Vivían muy felices en un barrio tranquilo y verde. El escritor poseía una imaginación enorme. Sus cuentos estaban poblados...

Arrugué la hoja y la tiré a la papelera. ¡Valiente paparrucha! Un segundo después me levanté, la recogí y la alisé. Se trataba de mi letra, no cabía duda, pero yo no la había escrito.

¿O sí? ¿Estaría empezando a perder la memoria?

Mientras mis pensamientos vagaban por senderos inútiles y absurdos, mi impresora decidió que era un buen momento para ponerse a funcionar. Yo no recordaba haberla encendido. Sin embargo, el ordenador estaba conectado, así que tal vez la impresora estuviese obedeciendo a algún programa desconocido para mí. Yo no era ningún experto en informática, así que podía aceptar casi cualquier cosa.

Casi cualquier cosa. Pero no lo que ocurrió. En la bandeja apareció un papel minúsculo, menor aún que una octavilla, y escrito a mano. Lo cogí, o más bien se lo arrebaté a la impresora. ¡Era la letra de Carlos!

> Papá, soy yo. Ya sé que te resultará difícil
> de creer, pero...

Lo primero que hice fue mirar al monitor, por si mi hijo se había quedado encerrado allí dentro, pero solo vi las estrellas galácticas del salvapantallas. De acuerdo, he visto demasiadas películas de fantasía y ciencia ficción, y además me gano la vida con ello. Lo mío fue un acto reflejo.

De todas formas, lo que venía después era aún peor.

> ...pero no me ha secuestrado nadie para pe-
> dirte rescate ni me he fugado de casa. He venido
> voluntariamente con Sileya, ya que tú no estabas
> dispuesto a ayudarla...

¿Con Sileya? ¿Así que aquella psicópata había embaucado a mi hijo? Mis peores temores se estaban cumpliendo.

> Tenemos que salvar Kalanúm. Keio lo está
> destruyendo y hay que actuar antes de que sea
> demasiado tarde.

Lo peor de lo peor. ¡Mis libros habían vuelto loco a mi propio hijo! Ya me veía en todas las cadenas de televisión y los *reality shows*, analizado por psicólogos y sociólogos que utilizarían mi caso para reclamar al gobierno que prohibiera los libros de fantasía.

Pero... Un momento, me dije. Allí había algo que no cuadraba.

Cuando un escritor construye una novela, toma un montón de notas, escribe borradores, diseña esquemas; pero no todo ese material llega a publicarse. Por cada cien páginas, puede haber otras cien llenas de tachaduras y correcciones que se quedan guardadas en el cajón de la mesa.

En mi caso, había muchos lugares, personajes e historias de Kalanúm que nunca habían visto la luz y que tan solo existían en notas, esbozos, o incluso en mi mente.

Ese era el caso de Sileya. Yo la había creado poco después de que naciera Carlos. Sileya era la imagen de Silvia en Kalanúm, su *alter ego*. No aparecía más que en las historias secretas que yo le contaba al oído a mi mujer cuando estábamos a solas en nuestra habitación, aquellos relatos de Kalanúm que solo nos pertenecían a ella y a mí.

Así que Carlos no podía saber nada de Sileya.

Y tampoco podía saberlo aquella mujer que se había plantado en mi estudio vestida de hada y que afirmaba ser la propia Sileya.

A no ser que fuera de verdad Sileya.

Pensé que yo podría hacer algo, papá, pero he fracasado. Eres tú quien debe salvar Kalanúm. Tienes que hacer algo para que podamos derrotar a Keio. Tú has creado todo lo que hay aquí, tanto Kalanúm como a Keio.

Escribe otra vez sobre Kalanúm. Los Héroes han desaparecido y su castillo volante está destrozado. ¡Haz que vuelvan! Escribe una aventura en la que derroten a Keio. ¡Por favor, papá, los necesitamos!

Ya sé que te costará creer lo que te digo. Pero ahora estoy en Kalanúm, papá, y lo que le suceda a la gente de aquí también me sucederá a mí. Keio ha secuestrado a Sileya, y ahora no sé cómo volver. Tengo mucho miedo. ¡Ayúdame, por favor!

Leí varias veces aquella nota. Decidí subir a la habitación de Carlos.

En el pasillo, me crucé con Ana.

—Carlos todavía no ha llegado –me dijo, como si me culpara.

—Eeeh... Es que esta mañana me he levantado muy despistado y se me ha olvidado decírtelo. Verás, anoche quedamos en que hoy se iría a dormir a casa de mi hermana Emilia. Sí, de Emilia. Hace mucho tiempo que no la veía, y ya sabes cómo se pone mi hermana si...

Por la forma en que me miraba Ana, me dio la impresión de que no se lo acababa de creer.

—Perdona –le dije, y desvié la mirada–; tengo que hacer una cosa. Si no te importa bajarme la cena dentro de un rato...

Entré en la habitación de Carlos, cogí uno de sus cuadernos y comparé las caligrafías. O esas líneas eran obra de mi hijo, o las había escrito un experto falsificador.

Dicen que, cuando se elimina lo imposible, lo que queda, por improbable que parezca, debe ser la verdad. Pero ¿y si cuando se elimina lo imposible lo único que queda sigue siendo imposible?

Era tarde. O llamaba a la policía o hacía caso a aquella petición de auxilio y me ponía a escribir sobre Kalanúm.

Mejor ir por partes, me dije. Bajé al despacho, arranqué el procesador de textos, me froté las manos para calentarlas y empecé a escribir.

Después de mucho tiempo, los Héroes de Kalanúm iban a resucitar.

CARLOS

Cuando escribí la nota a mi padre, pidiéndole ayuda, no sentí ninguna magia especial. No hubo humo, ni luz, ni las letras se borraron, ni la hoja de papel voló llevada por un viento mágico. Una hora después, mi mensaje permanecía exactamente igual: «¡Ayúdame, por favor!».

¿Lo habría recibido mi padre?

No podía quedarme cruzado de brazos esperando que así fuese. Tenía que hacer algo mientras tanto, de modo que hablé con Arfagacto, el bibliotecario. Como era uno de los hombres más sabios de Kalanúm, le pregunté dónde podría encontrar a los Héroes.

—Por desgracia, nadie lo sabe. Solo puedo decirte dónde está Terópolis.

—¡El castillo volante! –me entusiasmé–. Estoy deseando conocerlo.

—Me temo que te vas a sentir defraudado. Terópolis no es más que una ruina derribada en la garganta del río Oxianto.

Estábamos sentados en una posada, la única que seguía abierta en Pamirna. Me habían traído un asado de esos que mi padre tan bien describía en sus novelas, aderezado con una salsa de queso y frutos de colores. Tenía hambre, y me supo a gloria.

Dice mi padre que los niños (y lo dice por mí, que tengo trece años, ya veis) somos muy adaptables. A lo mejor es verdad. A pesar de que mi visita a Kalanúm no podía haber empezado de una forma más desastrosa, me sentía bastante mejor. Todavía me dolía la nariz, estaba muy preocupado por Sileya y no tenía la menor idea de cómo iba a volver al mundo real sin ella.

Aun así, estaba casi contento.

Al fin y al cabo, estaba viviendo una auténtica aventura, ¿no? Pensadlo: me encontraba sentado en una posada, comiendo en un plato de barro, con una hogaza de pan recién horneado, bajo una viga de madera encerada, al lado de una chimenea en la que se estaba guisando un potaje dentro de un gran caldero, y, mientras, me atendía un tabernero con ropas medievales y charlaba con un anciano vestido de rey Melchor. ¡Era emocionante! Notaba cómo me corría por el estómago un gusanillo que en parte era miedo y en parte otra cosa que no sabría explicar, pero que me gustaba.

—Pues aun así me gustaría ver Terópolis –proseguí–. A lo mejor encontramos allí algo que nos ayude. Lo que no podemos hacer es cruzarnos de brazos mientras Keio se lo monta.

—¿Qué es lo que se va a montar? –se extrañó Arfagacto.

—Es una frase hecha.

Ahí estaba yo, tomando el mando. La verdad,

aunque esté feo el decirlo, es que siempre he tenido mucha iniciativa. Lo que pasa es que nunca me han querido entender, ni en casa ni en el colegio. Cuando tenía seis años y puse mi propio puesto de periódicos en la calle, mis padres se enfadaron bastante. Todo porque yo había tomado prestados los periódicos del quiosco del señor Amaro.

Ahora estaba en Kalanúm y nadie me podía regañar. Pegarme una paliza, sí. Torturarme, también. Incluso matarme. Pero regañarme, no. Y eso había que aprovecharlo.

—¿Está muy lejos Terópolis? –pregunté.

—Casi llegando a Demiuria.

—¿Y Demiuria a cuánto cae de aquí?

—Se puede llegar en una jornada, siempre que se viaje a caballo.

—¡Perfecto! Entonces, salgamos ahora mismo.

—¡Ahora mismo! –repitió Arfagacto–. La precipitación nunca es buena, mi joven amigo. Y mis huesos ya han tenido suficiente traqueteo últimamente. Tenemos que pensar cuidadosamente, hacer preparativos, planear los pasos...

—Yo puedo tener tres caballos preparados dentro de una hora –dijo un hombre de unos sesenta años, que se sentó a nuestro lado sin que nadie lo invitara. Llevaba una cota de malla y una espada a la cintura, y me dijo que se llamaba Melpomeno.

—¿Quién te ha pedido tu opinión? –gruñó Arfagacto.

—No es una opinión, señoría –respondió Melpomeno–. Es un hecho. Estoy dispuesto a acompañaros a los dos, o al muchacho solo. Fue el hada quien lo trajo, ¿no? Pues por alguna razón habrá sido. Así que yo voy a ir con él, digáis lo que digáis.

El soldado me cayó bien. ¡Por fin, alguien que me tomaba en serio!

Arfagacto estuvo refunfuñando todo el rato. Pero al final, cuando parecía que se iba a quedar en Pamirna, decidió acompañarnos.

Salimos a media tarde y viajamos hasta que se hizo de noche. Por suerte, yo ya había montado a caballo antes. Es una de las cosas buenas que tiene ser rico. Y en un lugar como Kalanúm, montar a caballo es casi imprescindible.

Dormimos en una cabaña abandonada. En realidad, todo lo que veíamos parecía abandonado, y aún más según nos dirigíamos hacia el sur.

Cuando me desperté a la mañana siguiente, casi esperaba encontrarme en mi habitación, oyendo la voz de Ana. Pero seguía en Kalanúm. Y, aunque parezca mentira, me alegré de ello.

De todas formas, mi alegría decayó bastante cuando salí de la cabaña. El día había amanecido muy oscuro. El cielo estaba cubierto por una inmensa nube negra que la luz del sol apenas podía atravesar. Bajo ella, todo se veía de un color gris y sucio.

—La corrupción de Megalia se está extendiendo –dijo Arfagacto.

Atravesamos paisajes que habrían sido maravillosos a la luz del sol, pero que bajo aquel cielo plomizo resultaban deprimentes. Por la tarde llegamos al río Oxianto. Como había dicho Arfagacto, allí estaba Terópolis.

Me pregunté cómo el castillo volante había podido quedarse encajado de aquella manera entre las paredes de la garganta. Por desgracia, no había manera de subir hasta él a no ser que uno fuera Spiderman.

—Ya hemos llegado –gruñó Arfagacto–. Y ahora, ¿qué? Supongo que alguno de vosotros dos habrá planeado algo.

La verdad, yo no tenía ni idea de qué hacer a continuación. Había pensado entrar en la fortaleza voladora, por si quedaba en ella algo útil, un arma secreta o, al menos, una pista de dónde podríamos encontrar a los Héroes. Pero era imposible llegar a aquella ruina.

Por dejar de oír las protestas de Arfagacto, me di un paseo junto al río. Además, me tocaba hacer algo que hasta en un reino mágico como Kalanúm debe hacer uno mismo.

Al volver, pasé bajo la mole de piedra que formaba la base de Terópolis. Levanté la mirada. Era una gran roca negra y convexa, como un gran bloque de vidrio fundido: la piedra anti-imán que hacía volar la fortaleza. La parte más baja estaba a unos diez metros por encima de mi cabeza. De pronto me imaginé que toda aquella masa resbalaba, caía al fondo de la garganta y me aplastaba como a una oruga, y salí corriendo.

Ya estaba anocheciendo, aunque, con la contaminación que tapaba el cielo, había tanta oscuridad que apenas se notaba la diferencia. Melpomeno preparó una hoguera, sacó del zurrón una hogaza de pan, medio queso, un pastel de carne y un pellejo de vino, y lo fue pasando todo. Arfagacto no dejaba de refunfuñar, pero comió con apetito. Yo me animé y di un par de tragos de vino, pero Arfagacto me quitó el pellejo en cuanto se dio cuenta.

—El agua de este río es muy sana, y tú eres demasiado joven para beber vino.

¿Quién había dicho que en Kalanúm nadie iba a regañarme? Yo creo que Arfagacto se estaba vengando porque por mi culpa había tenido que hacer aquel viaje inútil.

En ese momento oímos un chasquido. Alguien había pisado una rama. Melpomeno se levantó y sacó su espada.

—Tranquilos –dijo una voz cansada–. Solo pretendíamos calentarnos, si no os importa.

—Acercaos despacio, y que os vea bien las manos –ordenó el soldado.

Cuatro hombres entraron en el círculo de luz. Se movían con torpeza, bamboleándose, como si un gran peso los agobiara. Sus ropas estaban viejas y descoloridas, sus espaldas encorvadas, y miraban al suelo sin decir nada. Se sentaron cerca del fuego y extendieron las manos buscando el calor de las llamas. La noche era fría. Durante el día el sol apenas había calentado, y ahora se había levantado un viento áspero que entraba en los huesos.

Nos quedamos todos en silencio. Yo me dediqué a observar a los recién llegados, porque me resultaban familiares.

Uno de ellos era de estatura mediana, delgado, con la nariz afilada, los ojos hundidos y un bigote de largas puntas que le colgaban hasta la barbilla. Llevaba una capa desteñida, en la que aún se veían estampados astros y signos cabalísticos.

Otro era grande como un oso, mucho más robusto que Melpomeno. Sus manos parecían capaces de desmenuzar una piedra, y tenía unos dedos gruesos como morcillas y una barba negra que le tapaba medio rostro. Vestía una coraza de cuero, llena de agujeros y arañazos.

El tercero era el más pequeño. Vestía ropas ceñidas, de colores que parecían cambiar constantemente. Sobre los hombros le caía una larga melena que echaba en falta un buen lavado. Sus manos eran finas e inquietas. Él mismo no hacía más que mirar a derecha e izquierda, como si temiera algo. A su espalda colgaba un carcaj sin flechas.

El cuarto era un hombre alto, atlético, y vestía un traje que en su momento, limpio y nuevo, habría resultado elegante. Llevaba al cinto una espada con la empuñadura muy gastada. Miraba al fuego como si estuviera en trance, casi sin parpadear.

Comprendí quiénes eran, aunque nunca me habría imaginado que iba a conocerlos en tal estado.

Eran Cronarca, Kimbur, Áblopos y Petrazio. Los Héroes de Kalanúm.

Los Héroes de Kalanúm, sí. Aquellos cuatro hombres tristes, silenciosos, de aspecto derrotado, eran los que debían librarnos de Keio. Tal como los veía, estaba seguro de que Keio podría darles una paliza a los cuatro juntos con una mano atada a la espalda.

Arfagacto y yo cruzamos una mirada. Me di cuenta de que el anciano los había reconocido. Mientras, Melpomeno le estaba pasando el pellejo de vino a Petrazio, pero este lo rechazó sin mirarle.

Estos son mis ídolos, pensé. Poniéndose optimistas, estaban para el partido de homenaje.

Me quedé mirando a Cronarca. El mago debió de darse cuenta y volvió la cabeza hacia mí. Parecía enojado, e incluso noté en sus ojos una chispa de energía que me impresionó. Pero solo fue un segundo, y después volvió a su mutismo.

Había que hacerlos reaccionar.

Me puse de pie, cogí una rama del fuego y empecé a agitarla delante de ellos. Me esperaba cualquier cosa, pero no lo que pasó: Áblopos salió corriendo como alma que lleva el diablo;

Kimbur, el hercúleo Kimbur, escondió la cabeza entre las manos y empezó a gemir; Cronarca reculó y se tapó la cara con la capa. El único que no se movió fue Petrazio.

—¿Qué pretendes, muchacho? –me dijo, sin apartar la mirada de las llamas–. ¿Quieres que a mis compañeros les dé un ataque al corazón? No estamos para esos sustos.

—¡Pero vosotros sois los Héroes de Kalanúm! –protesté.

Petrazio, por fin, me miró. Yo sabía que era un hombre joven, así que me extrañó ver arrugas alrededor de sus ojos.

—Kalanúm ya no tiene Héroes. Los Héroes murieron cuando eso se derrumbó –repuso, señalando con la mano hacia la oscura mole de Terópolis.

Se levantó con dificultad, como si tuviera reúma. ¡Petrazio, el acróbata de los acróbatas! Se alejó de las llamas y buscó entre unos matorrales.

—Vamos, Áblopos, ya puedes salir. Nadie va a hacerte daño.

Áblopos, el hombre que podía hacerse invisible, el arquero capaz de cortarle las alas a un mosquito a cien pasos, el hábil ladrón, tuvo que agarrarse de la manga de Petrazio para volver a acercarse al fuego. Kimbur había dejado de gemir, pero no se soltaba la cabeza. Pensé que si se la seguía apretando con aquellas manazas acabaría reventándola. Cronarca se había destapado la cara y me miraba con cara de pocos amigos.

¿Y yo qué hacía ahora? ¿Pedirles un autógrafo?

Fue Arfagacto el que habló.

—¿Qué os sucedió? ¿Cómo derribaron Terópolis?

Petrazio se quedó de pie junto al fuego y extendió las manos para calentarse. Por fin, se decidió a contestar.

—Cuando aparecieron los recién llegados, comprendimos que había un gran peligro. Enviamos a nuestros pájaros espías, y lo que vimos no nos gustó nada. Aunque el hombre llamado Keio no parecía tan poderoso como Melania, algo nos hizo pensar que podía ser aún más dañino para Kalanúm. De alguna manera, era como si no perteneciese a nuestro mundo.

—Es que no pertenece a vuestro mundo –intervine yo–. Por eso hay que expulsarlo.

Petrazio se me quedó mirando y temí que fuera a regañarme por la interrupción. Pero me contestó tomándome en serio. Eso me gustó.

—Lo mismo pensamos nosotros. Por eso acudimos con Terópolis. Más de una vez habíamos conjurado un peligro limitándonos a exhibir el poder de nuestro castillo. Creíamos que esta vez sería igual...

—Alguien os avisó de que deberíais tomar precauciones –intervino Cronarca.

—Lo sé, fuiste tú, y tomamos las que solíamos tomar. ¿O ahora me vas a decir que esperabas lo que sucedió?

—¿Qué pasó? –pregunté.

—Nos atacó una enorme bandada de dragones metálicos. Nos rodeaban por todas partes. Conociendo cómo suelen actuar los dragones, esperábamos que nos arrojaran sus llamaradas, pero jamás se nos habría ocurrido que nos las lanzaran desde tan lejos. Un proyectil enorme y alargado se vino contra nosotros a la velocidad del rayo, dejando un rastro de humo en el cielo. Fue tan solo cuestión de un segundo. Hubo un terrible estallido —Petrazio entornó los ojos, recordando el desastre—. La piedra antiimán que nos sostenía en el aire se resquebrajó, y toda la fortaleza se vino abajo. Aun así, a pesar de que el choque fue muy duro, salimos de Terópolis, dispuestos a luchar.

—¡No me lo recuerdes, por favor! —suplicó Áblopos, abrazándose las rodillas y balanceándose como un demente.

—Los dragones nos escupieron —explicó Petrazio—. No sé qué es lo que escupían. Solo sé que entraba en la carne, que la atravesaba, que rompía los huesos...

—¡Cállate ya! —exclamó Kimbur, con un vozarrón tan grave como el que me había imaginado.

—No te preocupes. No recuerdo mucho más. Solo el rostro de aquel hombre, burlándose de mí mientras la sangre me salía por cien heridas y la vista se me nublaba. *Me llamo Keio*, me dijo. Me hundí en las tinieblas con su risa clavada en los oídos.

116

Petrazio volvió a mirarme y se encogió de hombros.

—Y ese fue el final de los Héroes de Kalanúm.

Me quedé horrorizado. Casi había sentido la metralla de los aviones taladrando mi propio cuerpo. Los poderes de los Héroes no estaban preparados para combatir contra armas del siglo XXI.

—¿Quieres decir que... moristeis?

—Eso parece.

—Entonces, ¿qué hacéis aquí? –intervino Melpomeno–. Yo os veo bien vivos... –los miró unos segundos y se corrigió–: Bueno, más o menos vivos.

—He estado flotando en el país de las sombras –explicó Cronarca con voz lúgubre–, entre la existencia y la no existencia. El dolor de mi final había sido tan intenso que me sentía liberado en aquella extraña dimensión. Quería fundirme, desaparecer, hacerme uno con las tinieblas. Pero cuando ya estaba experimentando la dulzura del olvido, una voz extraña me ha invocado y me ha hecho volver.

—¡Ha sido mi...! –Me arrepentí al momento–. Ha sido para que podáis vengaros de Keio, quiero decir.

—No: quien me ha hecho venir solo ha conjurado mi sombra –me respondió Cronarca. Extendió las manos sobre el fuego y pude ver sus largas uñas pintadas de amarillo–. Mis dedos han olvidado su magia. Ya no soy Cronarca, el

Señor del Tiempo. Ahora ni siquiera sé quién soy.

—Hemos perdido nuestros poderes –añadió Petrazio–. Esta mañana me he despertado junto al río, y cuando me he querido levantar me ha parecido que mi propio cuerpo era una lápida de mármol. Me duelen todas las articulaciones. Yo sabía dar un triple mortal saltando con los pies juntos, pero ahora me cuesta trabajo agacharme para atarme las botas.

—Yo sí que no puedo con mi cuerpo –se lamentó Kimbur–. Mis piernas se han vuelto de madera, y apenas puedo apretar los dedos. ¿Dónde está mi fuerza? –cogió una gruesa rama y trató en vano de partirla con ambas manos–. Antes lo habría hecho con solo dos dedos.

—Todo el mundo puede verme –gimoteó Áblopos–. Pueden verme y volverme a hacer daño. Ya no tengo dónde esconderme.

¡Qué desastre!, pensé. Aquello, más que una reunión de superhéroes, parecía una terapia de grupo de veteranos del Vietnam. Algo había salido mal, así que tendría que mandar otro mensaje a mi padre para insistirle en que me ayudara. Al sacar la libreta del bolsillo, descubrí que en la cuarta hoja había aparecido un texto escrito con letra de impresora.

Y los Héroes de Kalanúm regresaron, poderosos como nunca lo habían sido, para enfrentarse al malvado Keio, y lo expulsaron de una vez para siempre de Kalanúm.

¿Y eso lo había redactado mi padre? La verdad, me esperaba mucho más de él. Si pensaba ventilarlo todo de un plumazo, no era de extrañar que los Héroes se hubieran materializado en un estado tan penoso. Saqué el lápiz y escribí:

> Los Héroes ya están aquí, pero los cuatro juntos tienen tanto poder como un mosquito con anemia. ¿No puedes hacerlo un poco mejor? Devuélveles sus poderes, pero de verdad. ¡Tienes que escribir con convicción!

Después me guardé la libreta. La "extraña voz" que había invocado a los Héroes era sin duda la de mi padre. Eso significaba que mi primer mensaje le había llegado, así que crucé los dedos y recé para que también leyera el segundo y esta vez su imaginación fuera un poco más eficaz.

—Tranquilos –les expliqué–. He pedido ayuda a alguien que puede hacer que os sintáis mucho mejor.

Petrazio fue el único que se molestó en mirarme. En sus ojos había un cansancio infinito. Sentí pena por él, que hasta entonces había sido mi favorito entre los Héroes.

—Nadie puede ayudarnos ya. Lo mejor será que volvamos a la oscuridad. Allí al menos había paz.

—¡Es la paz de la muerte! –protesté.

Petrazio se encogió de hombros. Ya le daba

igual. Se levantó resoplando y apoyando las manos en las rodillas para darse impulso, e indicó a los demás que le siguieran. Sin despedirse, se alejaron de la hoguera.

Cuando llegaron al borde de la oscuridad, los perdí de vista. Tuve la extraña sensación de que no era que las sombras se los hubiesen tragado, sino que se habían esfumado de verdad y ya no estaban en la misma realidad que nosotros.

Pasé mi segunda noche en Kalanúm muy preocupado y dándole vueltas a cómo podrían solucionarse las cosas. En un momento dado se me ocurrió algo, pero fue cuando estaba a punto de dormirme. «No lo olvides, no lo olvides», me repetí a mí mismo, mientras me daba la impresión de que el suelo de la tienda se convertía en un enorme colchón y yo me hundía, me hundía...

Me despertó Melpomeno, sacudiéndome por el hombro.

—Volvemos a Demiuria, muchacho. Lávate la cara en el río y espabila, o te quedarás sin desayuno.

Habría dado la paga del fin de semana por unos palillos para sujetarme los párpados. Me asomé a la puerta de la tienda y vi que el cielo estaba oscuro.

—¿Por qué nos levantamos ya, si todavía es de noche? –protesté.

—Me temo que esta es toda la luz que vamos a tener hoy –me dijo el veterano soldado.

El cielo estaba cubierto por unas nubes aún más negras y espesas que las del día anterior, pero hacia el este se adivinaba algo de luz, como si el sol nos estuviera diciendo: «¡Hola, estoy aquí!».

Si nos habíamos acostado deprimidos después de nuestro patético encuentro con los no menos patéticos Héroes de Kalanúm, el desayuno no fue mucho mejor. Arfagacto, más que masticar, rumiaba en silencio. Melpomeno, mientras, empezó a desmontar la tienda.

Me di cuenta de que los dos mayores no me iban a solucionar nada. Por la cuenta que me traía, si quería volver a mi mundo, tenía que pensar en algo.

Por la noche, antes de caer como un tronco, se me había ocurrido una idea. No lograba recordarla, pero sabía que era importante y que estaba relacionada con mi padre.

Cerré los ojos y me concentré. Por la noche había pensado en diversas ocurrencias que me parecieron geniales, pero ahora que estaba bien despierto me parecían absurdas. ¿Qué podía ser aquello de lo que quería acordarme? «No lo olvides, no lo olvides...»

¡Ya está! Era algo que salía en la última novela que había escrito mi padre, justo la que se publicó una semana antes de que mi madre muriera. Se titulaba *El secreto de Kalanúm*. Melania había secuestrado a Arfagacto y se lo había llevado a sus mazmorras para torturarle y hacerle confesar en qué consistía ese secreto. En la propia novela no se llegaba a saber, pero yo recordaba que Arfagacto había dicho: *Si alguna vez la magia se pierde, si la maldad nos amenaza y no sabemos a qué recurrir, aún nos quedará una última esperanza.*

El secreto de Kalanúm.

En teoría, aún podía recurrir a mi padre. Pero visto el éxito que había tenido resucitando a los Héroes, prefería saltarme esa penúltima esperanza y acudir directamente a la última: el secreto de Kalanúm. Así que me acerqué a Arfagacto y le pregunté directamente por él.

El bibliotecario abrió unos ojos como platos, miró a ambos lados de manera furtiva, me puso la mano en el hombro y se agachó para decirme al oído:

—¡Chissss! ¡Nadie debe oírte!

—Pero si aquí no hay nadie, más que Melpomeno...

—El mal tiene cien ojos y mil oídos. ¿Cómo has averiguado la existencia de ese secreto?

Me quedé pensando. No iba a explicarle que había leído la escena en que le amenazaban con unas tenazas de sacamuelas y él estaba a punto de cantarlo todo. A lo mejor sufría un trauma psicológico si se enteraba de que solo era un ente de ficción en ediciones de diez mil ejemplares en tapa flexible.

—Tengo mis fuentes confidenciales –le dije, en tono misterioso–. Sé que ese secreto es algo tan poderoso que hasta Melania lo teme, así que seguro que puede servirnos para luchar contra Keio.

Arfagacto me cogió del brazo y me llevó hacia el río. Allí nos sentamos, cada uno en una piedra, y yo puse cara de escuchar y él de hablar. Tardó un poco en arrancar.

—El secreto de Kalanúm es algo tan bien guardado que hasta yo, una de las pocas personas que saben algo de él, suelo olvidarlo. ¿Cómo te lo explicaría? Imagínate que miras a algo fijamente. Por ejemplo, a esa flor –y me señaló una flor azul que había junto al agua, una orquídea o un geranio o yo qué sé–. ¿La ves?

—Pues claro –contesté, sin saber adónde quería ir a parar.

—Pues imagínate que al mirarla directamente se esfumara de tus ojos, se hiciera invisible. Entonces pensarías que no está allí, que ha sido una ilusión. Pero al apartar la mirada, vuelves a percibir su forma y su color, de reojo. De nuevo la miras de frente y de nuevo desaparece.

—O sea, que solo se la puede ver con el rabillo del ojo, cuando estamos mirando para otro lado...

—¡Exacto! Eso es lo que me pasa cuando intento pensar en el secreto de Kalanúm: que si me concentro demasiado en él, huye de mi memoria. Es un recuerdo agazapado en algún rincón de mi cabeza, haciéndome burla... Juraría que alguna vez supe qué demonios era –el anciano meneó la cabeza, irritado–. Pero ahora no tengo la menor idea.

—¿Al menos recuerda usted si era poderoso?

—¡Diablos, sí! –Arfagacto parecía haberse animado un poco–. Sí lo era, y mucho. Y debe de seguir siéndolo...

Melpomeno nos dio una voz para avisarnos de que la tienda ya estaba recogida y nos podíamos poner en marcha. Arfagacto lo despachó con un gesto y le dijo que se esperara.

—...pero no hay manera de que recuerde en qué consistía –prosiguió.

Le recité una lista de objetos que se me ocurría que podrían ser mágicos: un anillo (fue lo primero que pensé: soy fanático de Tolkien), una espada, un casco, una lanza, un libro de encantamientos, una joya, unas botas de siete leguas, un caldero, un brazalete, una cadena, unos pendientes... Casi le hice el inventario de un *Todo a 100*, pero a Arfagacto nada le sonaba familiar.

De pronto sonrió. Me llamó mucho la atención, porque era un gesto muy raro en él.

—¡Ah! ¡No logro recordar lo que es, pero sí me acuerdo de dónde está! Melania quiso que yo se lo dijera, pero ni vertiéndome plomo fundido en los oídos le habría revelado su paradero.

Yo recordaba que había estado a punto de confesar a la primera amenaza de tortura, y que no lo había hecho porque en ese momento llegaron los Héroes. Pero fui prudente y me callé.

—¡Ónfalos! –exclamó el viejo–. ¡El centro del

mundo! ¡Es ahí donde debemos buscar, mi joven elegido! ¡En pie!

Por primera vez desde el rapto de Sileya, lo vi animado. Se levantó de la piedra como si se le hubieran olvidado todos sus achaques y fue hacia Melpomeno dando grandes zancadas.

—¡Recógelo todo!

—Ya está recogido, señoría.

—¡Desmonta las tiendas!

—Ya están desmontadas, señoría.

—¡Pues ensilla los caballos!

—Ya están ensillados, señoría.

—Entonces, ¿se puede saber a qué estás esperando? ¡Vámonos ya!

Melpomeno se volvió hacia mí y me hizo un gesto, como diciéndome: «Lo que hay que aguantar». Me encogí de hombros y monté en mi caballo. De pronto me sentía más optimista. Hasta las nubes parecían menos negras.

Me corría un gusanillo por el estómago que no era del todo desagradable. ¡Íbamos hacia la aventura! Ya me imaginaba descubriendo algún arma secreta, tan poderosa como el puño de acero de la videoconsola, y machacando a los secuaces de Keio pantalla tras pantalla. En cuanto a él, pensaba dejarlo para la última.

—¡*Game over*, Keio! –exclamé, ante la extrañeza de Arfagacto.

Las cosas no iban a ser tan fáciles, pero yo aún no lo sabía, claro.

Iba a decir que cabalgamos durante tres días, pero siempre me he imaginado que el verbo "cabalgar" se refería a algo más heroico y espectacular, así que diré que nos desplazamos sobre los lomos de aquellos viejos jamelgos durante tres días. Atravesamos algunos lugares que yo conocía por el mapa de Kalanúm que mi madre y yo habíamos pintado y envejecido para el despacho de mi padre. A pesar de la nube de polución que apenas dejaba pasar los rayos del sol y lo afeaba todo, aquellos paisajes resultaban mucho más impresionantes de lo que yo había imaginado. No los sabré describir tan bien como mi padre, pero al menos podré decir que *yo* estuve allí, junto a las inmensas cataratas Luna, o al pie de la montaña de Jade, o atravesando la meseta volcánica de File, entre chorros de vapor y rocas que parecían de otro planeta.

A los dos días de viaje, llegamos a las orillas del río Halidón. Según los libros de mi padre, era una gran corriente de agua fría y pura, verde como la malaquita. Pero ahora, aunque seguía siendo grande, ya que al menos había cien metros de distancia hasta los árboles de la otra orilla, las aguas bajaban marrones y humeantes y en vez de malaquita parecían más bien café con leche. No había quien soportara el olor, una mezcla de ácido y putrefacción que nos hacía toser y lagrimear. Procuramos mantenernos alejados del agua, ya que la ribera estaba plagada de peces muertos. Había un barbo muy grande y lo rocé con la punta de la bota: se disolvió como si fuera de gelatina.

—Por todos los dioses –se lamentó Arfagacto–. La corrupción está alcanzando el mismo centro de Kalanúm. Tal vez ya sea demasiado tarde.

—Entonces, no podemos perder tiempo –dije yo–. ¿Hay que cruzar este río para llegar a Ónfalos?

—Por desgracia, es así. Pero no creo que podamos hacerlo.

Melpomeno consultó su viejo mapa de pergamino, clavando la nariz en él y poniéndose bizco.

—El lugar por el que se cruza el río está a la derecha, a menos de media legua –nos informó por fin.

—¿Cruzar este río infernal? –gimoteó Arfagacto–. Antes dejaré que me vuelvan a arrancar la barba esos salvajes vestidos de negro.

—Vamos, señoría, ya encontraremos una solución –le contestó Melpomeno, con paciencia.

Remontamos la corriente. Seguíamos sin acercarnos demasiado a la orilla, porque el aire era irrespirable. Los vapores que salían del río habían afectado también a los árboles de la ribera: las hojas de los sauces se habían vuelto grises y quebradizas, y la corteza de sus troncos se desmoronaba como ceniza.

En ese momento escuchamos un ruido, una vibración que se acercaba a nosotros. Arfagacto y Melpomeno detuvieron sus caballos y se miraron sin entender nada. Yo, que venía del siglo XXI, sabía bien de qué se trataba.

—¡Es un motor! ¡Debe de ser un barco que baja por el río! –les dije.

—¿Un barco? –repitió Arfagacto–. Tal vez podríamos utilizarlo para...

—¡No! –grité–. ¡Si tiene motor es que es un barco de Keio! ¡Hay que esconderse!

No nos quedaba mucho sitio para hacerlo. A nuestra izquierda se hallaba el río, y a la derecha unos peñascos, porque acabábamos de entrar en un barranco y la orilla no tenía más de cinco metros de anchura. Desmontamos e intentamos ocultarnos detrás de unos arbustos. Melpomeno consiguió que los caballos se tumbaran; me pregunté si luego esos viejos pencos podrían levantarse.

Nos escondimos justo a tiempo: el motor sonaba ya casi encima de nosotros. Me asomé entre unas hojas y vi una lancha negra que venía corriente abajo. Parecía una especie de patrullera blindada. En un costado llevaba pintada una gran K roja; por "Keio", era fácil de imaginar. A proa había una gran ametralladora, manejada por una chica vestida de cuero y con el pelo verde que la hacía girar a todas partes, con ganas de darle al gatillo.

—Ni siquiera respiréis –les susurré a mis compañeros. Algo me decía que la misión de esa lancha era acabar con los restos de vida que aún pudieran quedar a orillas del río.

Me di cuenta de que estaba en lo cierto cuando de entre los árboles de la otra orilla salió volando un pato. Los tripulantes de la lancha lo señalaron con el dedo, y en cuestión de un segundo se sacaron de debajo de la ropa rifles, pistolas y armas láser y la emprendieron a tiros con el pobre pajarraco. Hasta la chica de la ametralladora se puso a disparar como si se defendiera de un ataque aéreo. No sé quién de ellos alcanzó al pato, pero el que lo hizo logró reventarlo en el aire. Todos gritaron y dieron vítores como si hubieran llevado a cabo una proeza.

Cuando vi que desperdiciaban tanta potencia de fuego solo para aniquilar a un inofensivo pato, pensé que aunque los Héroes lograran recobrar todos sus poderes, no serían suficientes para enfrentarse a Keio. ¿Qué armas podría guardar en Megalia, su horrible ciudad?

Solo el secreto de Kalanúm podía salvarnos..., si es que de verdad existía.

Poco después llegamos al final del barranco. En la orilla se levantaba un muelle de madera, con una gran balsa amarrada a su lado. Una cuerda cruzaba por encima del agua hasta llegar a la otra orilla, donde se veía otro embarcadero igual que el primero. Melpomeno nos dijo que, según el mapa, se trataba del transbordador de Jerpo.

Jerpo era un vejete desdentado que nos esperaba sentado a la sombra de un chamizo hecho de cañas y hierbajos. Cuando le dijimos que queríamos cruzar al otro lado, se rió en nuestras caras y nos enseñó sus encías de bebé.

—¿No habéis visto cómo baja el agua? Es imposible. Los pilares del muelle se están deshaciendo y es milagroso que la balsa todavía flote. No sé qué ha emponzoñado el río, pero lo que sea se lo come todo, todo. No pienso arriesgarme a cruzar.

—Entonces, ¿por qué sigue usted aquí? –le pregunté.

—Porque no tengo otro sitio al que ir. Llevo aquí toda mi vida y aquí seguiré, aunque sea para decir a mocosos insensatos como tú que no se puede pasar al otro lado.

Mientras discutíamos, Melpomeno se acercó al muelle y, con cuidado, comprobó en qué condiciones se encontraba la balsa. Después volvió con nosotros.

—O lo hacemos ahora, o no lo hacemos nunca.

—Pues no lo haremos nunca, me temo –respondió Arfagacto–. Es demasiado peligroso.

—¡Un hombre sensato! –le aplaudió Jerpo.

Yo tampoco tenía muchas ganas de cruzar, pero pensé que no había otro remedio. Además, no me acababa de creer que yo pudiera morir en un reino inventado por mi padre.

¿O sí?

Melpomeno y yo decidimos pasar a la orilla de enfrente, y al final Arfagacto, que tenía más miedo de quedarse solo que de otra cosa, accedió a hacerlo. El viejo Jerpo nos dijo que para cruzar el río teníamos que utilizar pértigas: en vez de remar, había que clavarlas en el fondo y empujar con fuerza. Al lado de su chamizo había un montón de ellas. Nos dijo que las cogiéramos todas.

—¿Para qué queremos tantas? –le pregunté.

—Hazme caso, rapaz. Ya lo verás.

Tuvimos que dejar los caballos. No había manera de que se acercaran a aquellas aguas malolientes, y además no nos fiábamos de que la balsa aguantara su peso. Nos atamos trozos de tela a la boca de forma que nos sirvieran de filtros para respirar, subimos a la almadía y empezamos a perchar.

Las aguas eran aún más corrosivas en el centro del río. El fondo debía de estar como mucho a dos metros, ya que las pértigas lo tocaban, pero no se veía bajo aquella superficie marrón. El vapor era tan acre que se me llenaron los ojos de lágrimas y apenas distinguía nada. De los costados de la balsa empezaba a subir humo.

—¡La balsa se está hundiendo! –gritó Arfagacto, alarmado.

Pero no se estaba hundiendo: ¡se estaba disolviendo! Antes se levantaba casi medio metro sobre el agua, pero ya había perdido por lo menos diez centímetros. No quería ni pensar qué les ocurriría a nuestros pies si los tocaba el agua. ¡Y aún menos al resto del cuerpo!

De pronto me falló la pértiga. Como estaba haciendo mucha fuerza, casi me caí al agua. Me quedé por un momento al borde de la balsa, balanceando los brazos como un equilibrista, y creo que mis trece años de vida se me pasaron todos juntos por delante de los ojos. Melpomeno me agarró por la cazadora y tiró de mí hacia dentro de la balsa.

—Hay que ir cambiando las pértigas antes de que se rompan –me dijo–. El viejo tenía razón.

Lo que me había ocurrido era que la parte inferior de la vara se había deshecho en aquellas aguas. Cogí otra y seguí bogando, vigilando con cuidado la pértiga para que no me volviera a pasar lo de antes. Cuando la había clavado cinco veces en el fondo, tuve que cambiarla de nuevo.

—¡No tendremos suficientes pértigas! –se lamentó Arfagacto.

Yo estaba pensando lo mismo, pero me molestaba que él siempre tuviera que ponerse en lo peor. ¡Menudo gafe! Melpomeno y yo le dimos ánimos y seguimos bogando.

Cuando tiramos la última pértiga, aún nos quedaban más de diez metros para llegar a la otra orilla. ¡Y tan solo diez centímetros de madera separaban nuestros pies de aquellas aguas corrosivas!

—¡La cuerda! –exclamé.

Empezamos a tirar de la soga que servía de guía a la balsa; resultaba más difícil que con las pértigas, pero conseguimos mover la almadía. Fueron unos minutos angustiosos. Aún no habíamos llegado a la orilla y ya apenas nos quedaba balsa que pisar. Cuando el agua empezó a rozar la suela de mis zapatillas, me vino un olor a goma quemada que no me gustó nada.

—¡Hay que saltar! –gritó Melpomeno.

A medias saltando y a medias colgándonos de la cuerda, logramos plantarnos en la otra orilla. ¡Justo a tiempo! La balsa se había convertido en un despojo humeante que se hundía bajo aquellas aguas pardas. Me quité las zapatillas y las limpié con unos hierbajos. Arfagacto aullaba de dolor, porque sus suelas no eran tan buenas como las mías y se había quemado los pies. Le miré y me pareció que no era para tanto. El pobre Melpomeno había sufrido quemaduras peores y no se quejaba ni la mitad.

—Y encima tendremos que seguir andando... –gimoteó el bibliotecario.

—Lo que no vamos a hacer es quedarnos aquí, señoría –le dijo Melpomeno–. Hay que seguir, aunque sea descalzos.

El resto de la jornada fue lamentable, sobre todo por las quejas de Arfagacto. Melpomeno le improvisó una especie de calcetines gordos enrollando telas, aunque para ello tuvo que descalzarse él. Con gusto le habría dado mis zapatillas a Arfagacto por no oírle, pero le quedaban pequeñas.

Al atardecer, llegamos a una aldea tan pobre que ni nombre tenía. En ella malvivían poco más de veinte ancianos y un puñado de críos pequeños. Allí conseguimos calzado, un poco de queso rancio y pan duro. Les dimos unas cuantas monedas y se pusieron muy contentos. Nos ofrecieron una cabaña para dormir, y yo al día siguiente me levanté con picores por todo el cuerpo.

Así que una de las cosas que aprendí en Kalanúm fue cómo son las pulgas de verdad.

La mañana siguiente volvió a amanecer tan triste y gris como las anteriores. Melpomeno estaba enseñándole el mapa a un anciano que parecía el jefe de la aldea. Luego se reunió conmigo y con Arfagacto y apuntó con el dedo hacia el noreste.

—Tenemos que seguir por allí. Me han dicho que hay que atravesar una ciénaga antes de llegar a Ónfalos.

—¡Por las barbas del Trismegisto! –se lamentó Arfagacto–. ¡Es la ciénaga de Punaxa!

—¿La conoce usted? –le pregunté.

—Jamás he pisado estos parajes, pero me son familiares gracias a mis muchas lecturas. Esa ciénaga es una trampa mortal. ¡Un solo paso en falso y el lodo y las arenas movedizas devorarán nuestros cuerpos!

—El jefe de la aldea me ha dicho que nos puede vender un perro que sirve de guía para cruzar la ciénaga –nos informó Melpomeno–. Pide una moneda de oro.

—¡Una moneda de oro por un perro! ¡Esto es un ultraje!

Arfagacto se quejó aún más cuando vio que el perro era un saco de huesos y que, para colmo, tratándose de un animal que debía guiarnos, ¡era ciego!

—Este perro tiene *mana* –nos tranquilizó el anciano de la aldea–. Su olfato os llevará a donde queréis ir.

Yo mismo me encargué de ponerle una correa para que no se nos perdiera. El perro se llamaba Armo y era bastante simpático. Intentó lamerme las manos, pero no le dejé, porque eso me da bastante asco. ¡Y a saber qué comería el pobre chucho!

Salimos de la aldea y cruzamos un bosquecillo de espinos y sauces raquíticos. Poco después, nos encontramos ante una bruma espesa y gris que brotaba del suelo como una pared. Allí empezaba la ciénaga de Punaxa. Hasta entonces yo había ido tirando del perro, pero había llegado el momento de que él nos guiara, así que le di unas palmadas en la cabeza para animarlo.

—¡Vamos, Armo! ¡Si nos sacas vivos de ese pantano te daré un hueso!

Armo agachó la cabeza, empezó a olisquear el suelo y se lanzó hacia delante tan decidido como si pudiera ver el camino que pisaba. Lo seguimos en fila india: yo primero, tirando de la correa para retener al perro; Arfagacto, en medio, y detrás, Melpomeno.

Era un lugar siniestro. Allí no crecían más que unos arbustos grisáceos, con hojas carnosas y dentadas que no me atrevía a tocar, y algunos árboles pelados a los que solo les faltaba tener cuerpos ahorcados de sus ramas para parecer aún más lúgubres. A ambos lados del estrecho sendero que seguíamos burbujeaban charcas de lodo que olían a azufre, y de vez en cuando creí ver que entre el cieno asomaban unos gusanos que parecían dedos de muertos. Melpomeno había desenvainado su espada por si acaso, pero al cabo de un rato tuvo que volverla a guardar porque le dolía mucho el hombro de sostenerla en alto. ¡Toda nuestra protección era un soldado con artritis!

—Este sitio me produce escalofríos –se quejó Arfagacto–. ¿Cómo habré dejado que me traigáis aquí?

Por una vez, estaba de acuerdo con él. Aunque no se veía un ser vivo que no fuera aquella deprimente vegetación, tenía la sensación de que me vigilaban por todas partes. La niebla era tan densa que apenas veía dónde ponía los pies. Más o menos me fiaba del perro; pero solo más o menos, así que cada vez que apoyaba la planta del pie en algún lugar sospechoso, se me aceleraba el corazón pensando en que de pronto el lodo me iba a tragar como una ventosa.

Pero el perro nos guió bien, y al cabo de una hora, según mi reloj, salimos de la ciénaga. La bruma se disipó tan de repente como había aparecido, y nos encontramos asomados a una gran llanura.

¡Ónfalos, el mismísimo centro de Kalanúm! ¡Qué lugar tan extraño! En realidad no era una llanura, sino un vasto cráter de roca. El suelo ceniciento iba bajando en una suave pendiente hasta una cúpula lejana que parecía hallarse en su centro geométrico, como si un gigante hubiera dibujado aquel lugar con un compás.

Me di cuenta de que había algo distinto, una sensación diferente a la de aquellos últimos días. Cuando miré a mis pies lo comprendí: ¡era mi sombra! Después de un tiempo sin verla, por fin había vuelto conmigo. Al levantar la vista comprobé que sobre nuestras cabezas el cielo se veía limpio y azul. Por encima de la llanura de Ónfalos no había nubes. Pensé que el poder de Keio aún no había alcanzado ese lugar y que tal vez la magia de Kalanúm siguiera intacta allí. Arfagacto señaló hacia la cúpula y exclamó:

—¡Aquel es el Ónfalos! ¡La piedra que dejó caer Trefaldor, la abuela de las águilas, cuando Kalanúm brotó de las aguas primordiales!

Incluso él se había animado, así que aceleramos el paso. Ahora que veíamos cerca el final de nuestro camino, estábamos contentos. En toda la llanura no crecía un solo matojo de hierba; en teoría era un lugar muerto, pero a mí me parecía que esas rocas volcánicas estaban más vivas que todo lo que habíamos visto hasta entonces. Me agaché y recogí un poco de tierra. La noté caliente y seca y, sobre todo, *limpia*. Me gustó.

—¡Ánimo, Armo! –le dije a nuestro perro ciego–. ¡Ahora te guiaré yo a ti!

El Ónfalos se encontraba más lejos de lo que parecía. Tardamos dos horas en llegar. Según nos acercábamos, me parecía cada vez más un huevo gigantesco caído del cielo y hundido en la roca. Era de color negro, y medía unos quince metros de alto y supongo que veinte o así de diámetro. Cuando estuvimos al lado, lo toqué. Estaba formado de roca porosa y tibia al tacto.

—Aquí hay una entrada –nos señaló Melpomeno.

Le dije a Armo que nos esperara fuera, y el perro se sentó con la paciencia de un faquir hindú. Nos colamos por un túnel estrecho y avanzamos apenas unos pasos, hasta que ya no pudimos seguir más, porque no se veía nada y corríamos el peligro de abrirnos la cabeza con una estalactita o caernos por un pozo sin fondo. Arfagacto empezó a quejarse de nuestra mala suerte, ya que no se nos había ocurrido llevar aceite ni nada similar para improvisar una antorcha; y entonces me acordé de que yo había traído una linterna de casa. Cuando la saqué de la mochila para alumbrarnos, esperaba que se pusieran de rodillas y adoraran aquella maravilla tecnológica, pero, para mi decepción, se limitaron a decir: «¡Ah, qué bien!».

Enseguida salimos del pasillo y entramos en la cúpula interior. Era un lugar alucinante. Cuando dirigía el haz de la linterna a las paredes, su luz quedaba guardada en ellas formando un círculo fosforescente. Me dediqué a apuntar a todas partes con la linterna hasta que la cúpula entera se llenó de círculos de luz verdosa, y después la apagué. Ahora podíamos ver perfectamente, aunque aquella iluminación nos tenía de un color fantasmal, como si fuéramos luciérnagas gigantes.

Se oía un murmullo constante, el eco de una marea lejana estrellándose contra las rocas. Al cabo de un rato, nos dimos cuenta de que se trataba de voces humanas: era como si miles de personas susurraran a la vez en nuestros oídos y formaran una mezcla espeluznante en la que apenas distinguíamos alguna palabra suelta.

—¿Qué es esto? –le pregunté a Arfagacto.

—¡Ahora lo recuerdo! –exclamó él–. En el tratado *Sobre las curiosidades y extravagancias de los reinos de Kalanúm*, del teosofista Gimper, leí sobre este fenómeno.

—¿En qué consiste?

—El Ónfalos es el centro geométrico del mundo y en él confluyen los cuatro vientos, así que, tarde o temprano, todas las palabras que se pronuncian en cualquier rincón de Kalanúm acaban llegando aquí. La roca que forma esta cúpula tiene una esponjosidad especial, de modo que entre sus poros las voces quedan atrapadas y siguen resonando durante un tiempo hasta que por fin se extinguen.

Me acerqué a la pared de la cúpula y pegué la oreja a la roca. Cuando lo hice, dos voces se destacaron de entre el murmullo de fondo.

—*... no te comas la verdura, te enteras.*

—*¡No quiero!*

Había sorprendido la conversación entre una madre y su hijo pequeño. Al parecer, las verduras también eran un problema en Kalanúm.

Fui recorriendo la pared sin separar la oreja y a cada centímetro que me movía escuchaba una conversación diferente. Había riñas, chistes, palabras de amor, rollazos insoportables... Me pregunté si todas aquellas personas seguirían vivas, o si sus palabras seguirían sonando después de que hubieran muerto.

—No tenemos tiempo para eso, muchacho –me regañó Arfagacto, tirándome del brazo.

Pero le dije que esperara, porque había oído una voz que me resultaba muy familiar.

—... *así no conseguirás nada.*

¡Era Sileya! Aquella bóveda funcionaba como un inmenso aparato de radio, así que moví la oreja un milímetro para sintonizar mejor y seguí escuchando.

—... *ce gracia tu resistencia. Pero no creas que voy a esperar mucho más.*

¡Y el otro era Keio! ¿Qué le estaría haciendo a Sileya aquel criminal con carné de protagonista?

—*No necesitarás esperar demasiado. Los Héroes vendrán a rescatarme.*

—*Siempre estás con esos patéticos Héroes tuyos. Te repito que los maté a los cuatro y destruí ese ridículo platillo volante al que llaman ciudad.*

—*¡Alguien más poderoso que tú los resucitará!*

—*Y yo los volveré a matar todas las veces que haga falta. ¡No hay nadie más poderoso que yo, ni en este mundo ni en ningún otro! Cuando lo entiendas, tú misma te entregarás a...*

Arfagacto me apartó de la pared a mitad de frase. Iba a protestar, pero el anciano me señaló hacia el centro de la sala.

Me di cuenta entonces de que el suelo de aquel lugar era una reproducción a escala de la llanura que habíamos atravesado, y que en el centro del Ónfalos había otro Ónfalos en miniatura. Sobre la pequeña réplica de la cúpula de piedra había un objeto que brillaba.

—El secreto de Kalanúm... –susurró Arfagacto, con temor.

Le miré, sin saber qué hacer. Él me animó.

—Debes cogerlo tú: eres el elegido.

Melpomeno asintió también. Los miré a los dos, respiré hondo y bajé con cuidado hasta el centro del Ónfalos.

Cuando llegué, el brillo se había desvanecido. Sobre la cúpula había una cajita de madera repujada con adornos de colores. Me agaché y la recogí. Aún no me atrevía a abrirla, pero la agité suavemente. Dentro había algo que parecía de metal.

¿Qué debía hacer? ¿Abrirla? Sin saber por qué, tenía la sensación de que sería una especie de sacrilegio, y si levantaba la tapa de la caja todo el misterio se desvanecería.

—Muy bien, muchacho. Ahora me vas a traer eso con mucho cuidado, sin dejarlo caer.

Me volví alarmado. La voz que acababa de retumbar bajo la bóveda no era ni la de Arfagacto ni la de Melpomeno.

Un hombre gigantesco, por lo menos de dos metros y medio de altura y con una cabeza enorme en forma de yunque, venía hacia mí tendiéndome la mano. Me di cuenta de que esa mano no era de carne, sino de piedra. Yo había leído mucho sobre aquel personaje.

¡Era Rautas, el capitán de la bruja Melania!

Miré a mis compañeros buscando ayuda. Inútil. Estaban rodeados por las aguzadas picas de un pelotón de lanceros. Melpomeno me miró tristemente, como diciéndome: «Te he fallado». Pero no se me habría ocurrido reprochárselo. Aunque hubiera sido veinte años más joven, eran demasiados enemigos para él.

—Dame eso, muchacho –me ordenó Rautas.

Siempre me lo había imaginado grande y amenazador, pero la idea que yo tenía no era nada comparada con la mole que ahora estaba a dos pasos de mí. Aquel gigante me daba miedo, y quiero decir miedo *físico*, como si con su mano de piedra me estuviera retorciendo las tripas.

Así que le tendí la cajita. Después de tanto viajar para encontrar el secreto de Kalanúm, no me quedaba más remedio que entregárselo al esbirro de Melania, la archienemiga de los Héroes.

Rautas cerró sus dedazos de basalto alrededor del joyero y sonrió. Sus dientes también eran de piedra.

—Ahora me acompañarás, muchacho. La reina quiere conocerte.

Yo no tenía ningún deseo de conocerla a ella, pero jamás se me habría ocurrido decírselo a aquel tipo. Cuando mi padre escribía los libros de Kalanúm, yo le decía que Rautas era un personaje guay. Ahora no me parecía nada guay.

MIGUEL

ME desperté desorientado, sin saber dónde estaba ni qué hora era. Había una luz cambiante reflejándose en la pared. Pensé que me había dejado encendida la televisión, pero al incorporarme comprobé que era el salvapantallas del ordenador. No estaba en la habitación: me había quedado dormido en el sofá del despacho, con la bata echada por encima. Me dolía la cabeza y tenía la boca seca.

Según el reloj, eran las siete menos cuarto. «¿De la tarde?», me dije. Tenía la sensación de llevar durmiendo horas y horas, casi días, y de haber soñado con una ciudad sombría poblada de rostros violentos. Abrí la ventana y comprobé que faltaba poco para el amanecer. Así que no había dormido tanto...

La luz era agrisada. Las últimas estrellas estaban desapareciendo del cielo y la brisa del alba traía una especie de melancolía fresca y sedante.

Años atrás, cuando Silvia vivía, me quedaba escribiendo hasta el amanecer muchas veces. Ella se despertaba, palpaba la cama y, al no encontrarme a su lado, se levantaba y me traía un vaso de leche caliente. «¿No piensas dormir nunca, mi Cervantes en zapatillas?», me decía.

Los ojos se me humedecieron, pero le eché la culpa al aire frío. Cerré la ventana y volví junto al ordenador. En aquella época que me parecía tan lejana como un sueño, yo escribía en cuadernos, a la luz de una bombilla. Muchas veces me quedaba toda la noche despierto, pero no porque me atiborrara de café para espabilarme y entregar una novela a tiempo, sino porque mis relatos se hacían tan vivos y reales que no podía dejar de pensar en ellos.

Allí estaba ahora la pantalla TFT de diecisiete pulgadas que había sustituido a mis viejos cuadernos. Moví el ratón y el salvapantallas desapareció, sustituido por la familiar interfaz del procesador de textos. Leí lo último que había escrito.

Y los Héroes de Kalanúm regresaron, poderosos como nunca lo habían sido, para enfrentarse al malvado Keio, y lo expulsaron de una vez para siempre de Kalanúm.

Todo mi sopor desapareció de golpe. ¡Carlos! Había desaparecido el día anterior, recordé. Mi mano fue hacia el teléfono y al instante se alejó de él: ¿qué iba a contarle a la policía?

Me senté y traté de pensar, pero tenía la mente embotada. Me di cuenta de que en la bandeja de la impresora había un folio con un breve mensaje escrito a mano:

Los Héroes ya están aquí, pero los cuatro juntos tienen tanto poder como un mosquito con anemia. ¿No puedes hacerlo un poco mejor? ¡Devuélveles sus poderes!

Antes de que pudiera hacerme a la idea de esta nueva sorpresa, la impresora arrancó por sí sola, como la noche anterior. En la bandeja empezó a asomar otra hoja manuscrita. «Esta vez no me engañan –me dije–. Seguro que se trata de un mensaje que viene por Internet, una ciberbroma, tal vez de mi propio hijo.» Pero en el ordenador no aparecía ningún icono de conexión. Como seguía sin fiarme, desconecté el cable del módem. Ahora sí que era imposible que alguien estuviera manipulando el ordenador. Aun así, la impresora siguió escupiendo aquellas letras insensatas, de modo que me levanté y la desenchufé con un rabioso tirón.

Aquella máquina diabólica siguió funcionando sin corriente, y no se detuvo hasta dejar el folio completo en la bandeja, todo garrapateado con la letra de mi hijo.

Eliminado lo imposible, volvía a quedarme lo imposible. ¿Qué podía hacer, sino leer aquella hoja?

Carlos me contaba que había partido en busca del secreto de Kalanúm junto con Arfagacto y con un soldado llamado Melpomeno. Al parecer, lo había encontrado en Ónfalos, algo que me sorprendió. En realidad, ni yo mismo había decidido dónde colocar su paradero; ni tan siquiera recordaba en qué consistía aquel dichoso secreto.

Por lo que contaba Carlos, el viaje hasta allí había durado unos tres días. Sin embargo, tan solo habían pasado unas cuantas horas desde su último mensaje. Eso quería decir que en Kalanúm el tiempo corría más rápido que en el mundo real y que debía darme prisa si quería sacar a mi hijo de sus apuros.

Dios mío, ya estaba empezando a aceptar aquella absurda historia. Había dado el primer paso hacia la locura...

Pero no podía hacer nada, sino seguir leyendo. Carlos había sido capturado por los esbirros de Melania justo después de encontrar una cajita de madera que no había conseguido abrir. Su nota terminaba con un mensaje de socorro:

Por favor, papá, haz algo. Yo lo he intentado, pero ya no puedo hacer más. ¡Necesito a los Héroes de Kalanúm! ¡Pero dales poderes, por favor!

Respiré hondo y decidí seguirle la corriente a aquella pesadilla. Antes de nada, fui a la cocina y me preparé un café. Mientras la cafetera se calentaba, pensé en qué iba a escribir a continuación. Estaba claro que debía hacerlo con algo más de convicción, ya que las breves líneas de anoche no habían servido de nada. Tenía que volver a creer en los Héroes de Kalanúm.

El problema era que ya no me sentía capaz. Solo creía en Keio: fuerte, como yo querría ser; cínico, como me había vuelto desde la muerte de Silvia; letal, brutal, armado hasta los dientes con la última tecnología y adiestrado en todas las artes marciales.

Aun así, había que intentarlo. Me serví el café y volví al despacho. En la editorial usábamos un programa de creación de relatos y yo lo había copiado en mi ordenador. Lo abrí. En la pantalla se desplegó un vistoso gráfico de diagramas de flujo, con triángulos, paralelogramos y círculos de colores, unidos por flechas intermitentes: argumento general, tramas primarias y secundarias, puntos de tensión, puntos de inflexión, momentos culminantes, interacciones entre los personajes, cambios de ritmo narrativo... Ayudado por ese esquema, producía relatos sobre Keio como quien hace churros. Pero ¿me servía de algo ahora?

Cuando de verdad era un escritor, no necesitaba artificios de ese tipo. Entonces me creía las historias que quería contar y con eso me bastaba.

Cerré el programa y estiré los dedos como un atleta que calienta antes de la carrera, dispuesto a comerme el teclado. Pero cuando me iba a arrojar a la pantalla en blanco, sentí vértigo.

No, no podía hacerlo. Yo mismo lo he dicho: *entonces me creía las historias que quería contar.* Pero ahora no significaban nada para mí. La magia de Kalanúm, mi fantasía, los poderes de mis héroes: ¿dónde estaban? Me di cuenta de que había dejado de ser un niño y me había convertido en un viejo escéptico.

«Vamos, vamos –me repetía–. Mi hijo está en el castillo de Tinmar, en poder de Melania, y esa bruja empezará a torturarlo por puro placer si los Héroes no lo salvan.»

Pero ¿cómo iban a salvarlo esa mezcla de superhéroes de tebeo y guerreros de espada y brujería, ya pasados de moda? Pensé en el mundo de Keio y en cómo solucionaba sus problemas recurriendo a la tecnología, no a la magia.

¿Por qué no reciclar a los Héroes de Kalanúm, haciendo más racionales sus poderes? La ciencia puede explicar hechos inconcebibles hasta para la más desbocada de las fantasías, así que en ella podría encontrar recursos de sobra. Fui a la estantería, cogí unos cuantos libros de divulgación científica y algunos tomos de la enciclopedia, volví a la mesa y me puse a trabajar.

Un par de horas después, ya tenía la solución. En cuatro párrafos, había vuelto a explicar de forma racional los asombrosos poderes de mis personajes.

Ahora, Áblopos podía ser invisible con todo derecho, ya que llevaba un nuevo traje polarizador. Su avanzado tejido no solo no emitía fotones, sino que además desviaba los rayos de luz emitidos por otros cuerpos, los obligaba a rodear su cuerpo mediante un campo cuántico y hacía que volvieran a aparecer por el otro lado con la trayectoria original. En resumidas cuentas, lo había convertido en un ser transparente.

A Kimbur lo sometí a un durísimo entrenamiento con pesas y aparatos para aumentar su fuerza. Pero, como eso me pareció poco, le puse a dieta. ¡No se podía quejar! Nueve mil calorías al día, con carne, arroz y pasta en abundancia. Para complementarla, varias dosis de creatina, glutamato y todo tipo de esteroides anabolizantes. Seguramente Kimbur no podría participar en ninguna Olimpiada, porque con solo estornudar haría saltar todos los controles antidopaje del mundo, pero yo tenía que salvar a mi hijo y el juego limpio había pasado a un segundo plano.

Para que Cronarca pudiera levitar, le diseñé un servotraje con pequeños cohetes y una minimochila propulsora disfrazada debajo de la capa. Por otra parte, llevaba en su bastón, disimulado, un pequeño agujero negro con el que podía deformar el tiempo y el espacio para controlarlos a voluntad. En vez de magia pasada de moda, la teoría de la relatividad de Einstein al servicio del bien. ¡A ver qué decía Melania a eso!

Y mi querido Petrazio tuvo que olvidar su esgrima a lo D'Artagnan y sus acrobacias circenses. Corren otros tiempos, así que le hice un experto en todas las artes marciales que pude encontrar: kárate, yudo, taichi, kendo, taekwondo, kung-fu, boxeo tailandés, *full-contact*, jiu-jitsu...

Una vez que lo tuve todo preparado, me puse a escribir. En su segunda resurrección, los Héroes de Kalanúm no iban a fracasar.

CARLOS

DESPUÉS de tenernos dos horas en la mazmorra, Rautas vino a buscarnos. Le acompañaba un hombre casi tan grande como él, con rostro felino rodeado por una enmarañada melena. No podía ser otro que Turumno, el salvaje hombre león que había jurado fabricarse un tambor con el pellejo de Petrazio. Cuando me vio se relamió, luciendo unos colmillos amarillentos y aguzados que me hicieron temblar de los pies a la cabeza.

—Carne joven... Seguro que estás tan tierno como un solomillo –siseó.

En las novelas, Turumno nunca me había dado miedo; pero otra cosa era verlo de cerca, oler su apestoso aliento de carnicero, sentir sus garras cerca y pensar cuánto tiempo tardaría en entrarle hambre.

—No es para ti, Turumno –le dijo Rautas con voz metálica, y lo apartó de un empujón–. Melania tiene otros planes para él.

Turumno miró a su compañero con odio y le enseñó los colmillos, pero no se atrevió a nada más. El propio Rautas soltó mis cadenas y me agarró por la muñeca. Durante un segundo pensé en escabullirme, pero aquella manaza de basalto me llegaba hasta el codo y podía partirme el brazo como si fuera un palillo de dientes.

Turumno soltó a Arfagacto y lo sacó a rastras. Al pobre Melpomeno lo dejaron encerrado. Subimos por una escalera de caracol interminable y, como Arfagacto no dejaba de quejarse, Turumno se lo subió a hombros y le tapó la boca con una garra.

—¿Tengo que hacer yo lo mismo contigo, alfeñique? –me preguntó Rautas.

Yo dije que no con la cabeza, sin dejar de temblar. ¿Por qué a mi padre se le había ocurrido la genial idea de hacer a los malos tan grandes como armarios de cuatro puertas?

Nos llevaron a la sala del trono, una nave alargada con columnas de piedra, vidrieras de colores y techo abovedado. Pasamos entre dos hileras de guerreros, una de hombres sapo y otra de pentáquiros con cara de hiena, a cuál más repugnante. Al fondo estaba Melania, sentada en un sitial adornado con más de mil joyas y vestida con una larga capa negra que caía sobre los tres escalones de piedra que sustentaban el trono.

Por fin la conocía. Creo que ya os había dicho que uno de los dibujos que más me gustaban del despacho de mi padre era el retrato de Melania. En persona la vi aún más hermosa, con el pelo negro recogido en un moño, los ojos oscuros y las finas cejas arqueadas; pero también me dio más miedo, porque cuando miraba parecía que salían chispas de sus pupilas.

Con una uña larga como la de un mandarín,

me indicó que me acercara. Rautas me soltó y me dio lo que para él debía de ser un leve empujón, pero me mandó a tres metros y me hizo caer de bruces al suelo.

—Así que tú eres Carlos –me dijo Melania.

Mientras me levantaba, la miré alucinado. ¿Cómo sabía mi nombre aquella bruja, que jamás me había visto ni podía haber oído hablar de mí?

—Te veo sorprendido, pequeño. ¿No sabes que nada se le escapa a la legítima reina de Kalanúm?

—Eeh... Por supuesto, señora...

Melania miró a Rautas con severidad.

—¿Es que nadie le ha enseñado protocolo a este mocoso? –luego se volvió a dirigir a mí para informarme–: Cuando hables conmigo, cosa que debes hacer *únicamente* cuando yo te dé permiso, has de hacerlo llamándome "Augusta Excelencia Real". ¿Lo has comprendido?

—Sí... su Augusta Excelencia Real.

—Así está mejor –Melania se recostó en el respaldo del trono y sonrió–. Tú tienes algo que me pertenece.

—¿Yo, seño... Augusta Excelencia Real? No sé a qué os referís.

—Deja de fingir y dame esa cajita que llevas en el bolsillo.

Era inútil intentar engañarla. Saqué el joyero que había encontrado en Ónfalos y, agachando la cabeza en lo que me pareció una reverencia bastante respetuosa, me acerqué al trono.

Cuando aún estaba a un par de metros de ella, extendí la mano y la abrí. La caja se levantó en el aire por sí sola y empezó a flotar hacia Melania. Me imaginé que ella estaba utilizando su magia, hasta que de pronto el joyero giró en ángulo recto y salió volando hacia la derecha, lejos de la bruja.

Melania levantó mucho las cejas y luego estalló:

—¡Coged esa maldita caja!

Los hombres sapo y los pentáquiros trataron de obedecerla, pero con tan poco orden que se tropezaron entre ellos. Durante un segundo me quedé muy confundido, viendo cómo el joyero que encerraba el secreto de Kalanúm volaba hacia la salida de la sala. Y entonces me di cuenta.

¡Era Áblopos, que se había hecho invisible para quitarle la caja a Melania delante de sus narices! Al comprenderlo, me mordí los labios para no gritar de alegría. En ese momento, las puertas de la sala se abrieron de golpe y restallaron contra las paredes, y en el umbral, erguidos y desafiantes, aparecieron Kimbur, Cronarca y Petrazio. Entonces sí que fui incapaz de contenerme y empecé a dar saltos de alegría. ¡Estaba salvado!

Al menos, eso creía yo.

Cuando la cajita pasó por delante de una vidriera, ocurrió algo muy extraño: contra la ventana se recortó una silueta humana, que enseguida empezó a destellar con un montón de luces intermitentes, como si fuera un árbol de navidad con piernas. Los destellos se hicieron cada vez más rápidos e intensos. Pronto empezaron a saltar chispas y a sonar chasquidos, y Áblopos cayó entre gritos y humo, retorciéndose como una serpiente a la que le hubieran enchufado una corriente de mil voltios. El traje polarizador, esa brillante ocurrencia de mi padre, se había vuelto loco al intentar procesar la luz multicolor que atravesaba las vidrieras.

—¡Kimbur! –exclamó Petrazio–. ¡Ayuda a Áblopos!

Volví mi atención a Kimbur. ¿Qué demonios le había pasado? Siempre había vestido pieles y lucido una panza más que considerable, mientras que ahora llevaba una malla de licra color verde fosforito y le salían músculos hasta de las orejas, como si fuera el primo mayor de Schwarzenegger. Cuando Rautas se interpuso en su camino, Kimbur plantó una pose de culturismo para portada de revista y le dijo:

—¡Alégrame el día, montón de basura!

No daba crédito a lo que estaba oyendo: Kimbur, hablando como un matón de película americana. Luego me enteré de que el cóctel de anabolizantes preparado por mi padre le había alterado un poco el cerebro.

Aun así, con tantos músculos debería haber sido capaz de vencer a Rautas...

...Si este no le hubiese sacado más de dos cabezas.

Cuando Kimbur intentó darle un puñetazo, Rautas se limitó a parar el golpe con su mano de basalto y apretar. Los nudillos de Kimbur crujieron como nueces machacadas. Hasta a mí me dolió. El héroe se puso de rodillas y empezó a chillar y a pedir clemencia. Melania, dos; Héroes, cero, me dije.

Petrazio se plantó frente a Turumnos. En lugar de su vieja espada de esgrima, desenvainó una katana de samurái, con la que se arrancó en una exhibición de artes marciales. *¡Fssss!*, el sable silbando sobre la cabeza. *¡Kiaaa!*, un grito aterrador. *¡Wuuuuuyyy!*, mirando fijamente a Turumnos y marcando pose con el sable.

¡Zas! Un golpetazo en la cabeza con el mango de una lanza y Petrazio rodó por el suelo. Estaba tan concentrado en su demostración de katana que no se había dado cuenta de que tenía a un pentáquiro detrás.

Melania, tres; Héroes, cero. ¿Marcaríamos el gol del honor?

—¡Ah, Augusta Excelencia de la Maldad! –exclamó Cronarca con voz grandilocuente–. ¡Prepárate a enfrentarte con el legítimo Señor del Tiempo!

El mago dejó caer su capa carmesí con un dramático ademán. Pude ver que llevaba algo abultado a la espalda, parecido a las mochilas que utilizan los astronautas en el espacio. Luego, todo fue demasiado rápido. Cronarca apretó un mando rojo que tenía en el cinturón, a su espalda se encendió un propulsor y el mago se elevó por los aires, volando raudo hacia Melania.

Por desgracia, la mochila cohete se negó a pararse. Ante la mirada asombrada de Melania, Cronarca pasó de largo por encima de su cabeza y culminó su breve vuelo estampándose contra la pared del fondo de la sala.

Aquello sí que me dolió.

Melania ordenó a sus hombres que arrastraran fuera de allí a los maltrechos Héroes de Kalanúm y que se llevaran también a Arfagacto. «¡A la mazmorra con todos!», exclamó.

Nos quedamos solos, ella y yo. Supongo que para una bruja tan poderosa yo no era ninguna amenaza, y menos después de aquel patético intento de rescate. Melania se levantó del trono y se acercó. Ahora que la veía mejor, me di cuenta de que tenía algunas patas de gallo, pero las disimulaba con el maquillaje. Me miró con ojos que parecían carbones y sentí un escalofrío. Después, su gesto se suavizó un poco.

—Las cosas han cambiado mucho en Kalanúm, ¿verdad, Carlos?

—Sí, su Augusta Majestad Excelente... Augusta Alteza Realmente Existente... eeh...

—Tranquilo, Carlos –me dijo con voz triste, y me puso la mano en el hombro. Supongo que intentaba ser amable, pero sus dedos eran fríos como cubitos de hielo–. Ahora no hace falta que me llames así. No hay nadie delante, así que puedes llamarme Augusta Majestad, sin más.

«¡Qué sencilla!», pensé.

Melania abrió la mano y me enseñó el joyero.

—¿Tienes idea de lo que hay aquí dentro? –me preguntó–. Yo lo ignoro. ¿Qué puede ser tan importante? Por lo que cuentan los sabios y la tradición, de aquí dimanan toda la magia y el poder de Kalanúm. ¿Cómo algo tan pequeño puede ser la fuente de algo tan grande?

Me encogí de hombros. No tenía ni idea. Si la hubiese tenido, se lo habría dicho sin dudarlo. Mi vocación de héroe estaba en uno de sus momentos más bajos.

—¿Sabes, Carlos? –me explicó, en tono pensativo–. Siento temor ante la idea de abrir esta caja. Hace ya largos años que busco este secreto... y ahora que lo tengo al alcance de mi mano, la verdad es que no sé si quiero conocerlo –meneó la cabeza–. Es extraño, pero por alguna razón que tan solo intuyo, sé que no debo verlo..., que nadie de Kalanúm debe verlo, en realidad –suspiró–. Como ya te he dicho, las cosas han cambiado mucho en nuestro mundo. Hay en lid poderes superiores a nosotros, que no alcanzamos a entender.

—¿Se... se refiere usted a Keio?

—Así es. Mira esto.

Melania sacó de debajo de su capa una bola de cristal del tamaño de una pelota de tenis. Pasó la mano por encima, como si quisiera envolverla; la sala se oscureció y una imagen brillante empezó a crecer hasta salir de la bola y apareció ante mí como un enorme holograma. En él se veía una ciudad blanca con cúpulas y minaretes de oro.

—Maradán, la ciudad de las cien torres –me informó Melania–. Bella y limpia como un cáliz de plata. Por tres veces llegué a conquistarla y por tres veces me la arrebataron los Héroes. Pero yo siempre respeté su belleza. No solo ordené a mis esbirros que no la saquearan, sino que una de sus plazas más hermosas, la de Jade, la hice construir yo. Ahora, mira lo que ha hecho Keio tan solo para exhibir su poder ante mí y demostrarme que es el nuevo amo de Kalanúm.

Hubo un fogonazo tan cegador que casi pude sentir el calor en mi piel. Parpadeé deslumbrado, y luego vi cómo se elevaba hacia el cielo un monstruoso hongo gris. Cuando se desvaneció, donde antes se levantaban las cien torres de Maradán no quedaba más que un cráter humeante.

¡El muy animal había utilizado una bomba atómica para destruir aquella ciudad!

La imagen se desvaneció y la luz volvió a la sala. Los ojos de Melania estaban húmedos y una lágrima solitaria rodaba por su mejilla. Antes de que llegara a su boca, se congeló y cayó al suelo, convertida en una diminuta canica de hielo.

—Mi deseo ha sido siempre dominar Kalanúm y someterlo al imperio de la maldad –continuó Melania–. Pero ahora ya ni siquiera sé lo que es el mal. Yo creía ser perversa, dañina. Ahora que toda la belleza de mi mundo es destrozada por una horda de salvajes que no conocen el protocolo más elemental, pienso si no seré tan inocente como ese lastimoso bibliotecario que se cree sabio por haber pasado la vida sepultado entre libros polvorientos.

Se guardó la bola de cristal bajo la capa y volvió a subir los escalones que llevaban a su trono.

—Por desgracia, nada puedo ante el poder de Keio. Debo darle lo que me ha pedido, aunque sea lo que más he deseado hasta ahora.

Su momento de debilidad me había conmovido, así que fui sincero con ella.

—¿Por qué no le pide ayuda a los Héroes de Kalanúm?

—¡¡NUNCA!!

Melania se volvió hacia mí y me apuntó con su negra uña de mandarín. Un miedo terrible se apoderó de mi corazón y caí de rodillas, pues me había lanzado un hechizo de temor.

—¡Jamás les pediré ayuda a mis enemigos! ¿No has visto hace un momento de qué forma tan patética han fracasado? ¡Los Héroes de Kalanúm ya no son nadie! Si ni siquiera yo, Melania, la legítima reina de Kalanúm y señora de la magia oscura, oso enfrentarme a Keio, ¿qué puede hacer ese hatajo de inútiles?

Agaché la cabeza y reconocí que Melania tenía razón. Ya había perdido la poca confianza que me quedaba en los Héroes.

Melania se calmó un poco.

—Acércate, Carlos. ¿Te gustaría saber por qué conozco tu nombre? Ayer me llegó un mensaje de Keio. Te quiere a ti, y también quiere que le lleves el secreto de Kalanúm.

—Pero ¿cómo sabe que yo...?

—Esa hada melindrosa que tiene en su poder, Sileya, le ha dicho que tú eres la clave para dominar por completo Kalanúm. No entiendo qué puedes tener de importante, pero no me gustaría estar en tu lugar.

No podía creerlo. ¡Sileya me había delatado!

—¡Entonces no me entregue a él, por favor! –supliqué.

Melania negó con la cabeza. Todo rastro de compasión había desaparecido. Depositó el joyero en mi mano y me despidió con un gesto.

—Sal de aquí. Los secuaces de Keio te esperan al otro lado de las puertas –de pronto volvió a enojarse y rechinó los dientes–. ¡Por muy poderoso que sea Keio, mejor será que su escoria no se atreva a poner sus pies en esta sala!

Hice una última reverencia a la reina bruja y me alejé de ella.

Ahora que estaba vacía, la sala del trono me parecía más larga que antes. El eco de mis pasos me hacía sentir pequeño e insignificante. Me había creído capaz de cambiar el destino de Kalanúm, pero había fracasado. Hasta Sileya me había traicionado.

¿Qué le habrían hecho para que me delatara ante Keio?

Cuando ya estaba llegando a la puerta, se me ocurrió una idea. ¿Y si Sileya lo había hecho a propósito? Tal vez estaba siguiendo un plan en el que la forma de salvarnos era entregarle a Keio el secreto de Kalanúm.

Me di cuenta de que tenía el joyero en la mano y ni siquiera había mirado dentro. Nadie me había prohibido hacerlo. Lo abrí...

Jamás me habría esperado ver lo que había dentro. No se trataba de un anillo de poder, ni un hechizo mágico, ni un diamante valioso. No, era algo mucho más sencillo, un pequeño objeto de plata que yo conocía perfectamente.

Las hojas de la puerta empezaron a abrirse. Fuera me esperaban los esbirros de Keio, vestidos de cuero, con sus gafas oscuras y sus brazaletes de pinchos, mascando chicle y cascándose los nudillos. Los guerreros de Melania los rodeaban sin acercarse a ellos, pero apenas disimulaban sus miradas de odio hacia quienes consideraban intrusos en su reino.

Volví a cerrar el joyero y me lo guardé en el bolsillo. Sabía que no se lo podría ocultar a Keio. Pero a lo mejor eso no importaba demasiado. Lo que tenía que hacer era contárselo a mi padre. ¡Ojalá no volviera a fallarnos!

MIGUEL

Era ya media mañana cuando terminé de escribir mi breve aventura de los Héroes de Kalanúm: el asalto al castillo de Melania. ¿Qué le habrían parecido a mi encantadora bruja los nuevos poderes de los Héroes? Me la imaginaba estupefacta, con la boca abierta, un instante antes de empezar a chillar como una histérica y echarles la culpa a sus capitanes, mientras los Héroes se llevaban tranquilamente a mi hijo, a Melpomeno y a Arfagacto.

La impresora empezó a funcionar de nuevo. Ni siquiera me había molestado en enchufarla, pero ya no me extrañaba de nada. El folio manuscrito con la letra de Carlos empezó a asomar por la bandeja. Contuve mi impaciencia y esperé a que terminara de imprimirse.

Papá: ¿es que no puedes hacer las cosas bien? No sé qué les has hecho a los Héroes, pero han fracasado miserablemente. Mucho músculo, pero Kimbur tenía menos fuerza que nunca y Rautas le ha puesto las pilas. Ablopos ha sido invisible un rato, pero luego ha entrado en cortocircuito y no veas la que se ha armado. Petrazio se ha puesto a hacer chorradas con su espada en vez de utilizarla como Dios manda, y casi le abren la cabeza. ¡Y no te cuento el porrazo que se ha dado Cronarca contra una pared por usar una mochila a reacción!

¿Por qué no escribes sobre los Héroes como antes? No quiero que tengan poderes nuevos ni armas modernas, papá: yo quiero a los Héroes de siempre.

Ahora me llevan en un helicóptero a Megalia, la ciudad de Keio. No sé para qué me quiere, pero me da muy mala espina. ¿Cómo se te ocurrió inventar a ese personaje? ¡Vaya idea que tuviste!

«Y que lo digas», pensé. Si llegaba a perder a mi hijo por culpa de un personaje que yo mismo había creado...

El teléfono interrumpió mi lectura. El número que aparecía en el visor era el de la editorial. Mi primera intención fue dejarlo sonar, pero podía oír a Ana pasando la aspiradora en el piso de arriba y no quería que contestara ella a la llamada.

—¿Sí?

—¡Miguel! –buf, Camargo, la última persona a la que me apetecía escuchar esa mañana–. ¿Te ha pasado algo?

—No, ¿por qué?

—Es que tenemos una reunión, ¿no te acuerdas? Deberías haber llegado hace diez minutos.

—Vaya, qué despiste –respondí sin ganas–. Creo que ya no merece la pena que vaya.

—¿Cómo que no? Si te das prisa, llegas antes de que termine. Además, quiero hablar contigo sobre el *merchandising* del último relato.

—Verás, es que de verdad no puedo. Tengo que escribir.

—¿Cómo dices?

—Que tengo que escribir. Soy un escritor, ¿te acuerdas? Y los escritores tenemos la mala costumbre de escribir.

—¡Miguel, no me vengas con chorradas a estas horas! Tú no eres un escritor, eres un creativo multimedia, y ahora mismo...

—Vete a hacer gárgaras.

Colgué el teléfono asombrado de mi propia contundencia. Cuando iba a seguir leyendo, Ana llamó a la puerta del despacho y la abrió sin esperar a que le diera permiso.

—Miguel... ¿pasa algo raro?

—¿Algo raro? ¿Qué quieres decir?

Intenté poner cara de inocencia, pero con ojeras y barba de dos días no debía de resultar demasiado convincente. Ana me miraba, con los brazos en jarras, pidiendo una explicación.

—Has pasado la noche en el despacho y no has ido a la editorial. Mira... ya sé que dirás que no es asunto mío, pero me preocupa Carlos y me gustaría saber si esto tiene algo que ver con él.

—Ya te he dicho que él se fue anoche a dormir con mi hermana.

—Desde que estoy aquí, nunca ha dormido fuera. Y me extraña que se haya ido sin llevarse nada de ropa.

Podría haberme enfadado con ella, pero sabía que solo quería el bien de Carlos. Las mujeres tienden a pensar que los padres, con "p", somos un poco irresponsables y que cualquiera de ellas puede atender a un muchacho mejor que nosotros. El caso es que tal vez tengan razón.

—Mira, Ana... Te pido que confíes en mí. Carlos se ha metido en un... pequeño lío –casi se me había escapado «en uno de mis relatos», pero me mordí la lengua. Lo último que quería era salir de mi casa en ambulancia y con una camisa de fuerza.

Ana abrió unos ojos grandes y blancos como platos y se llevó la mano a la boca.

—¡Dios mío! ¡No me digas que se ha metido en algo de drogas! ¡Pero si solo tiene trece años!

—Tranquila, no es eso. De verdad que te lo explicaré todo, pero ahora necesito pensar un poco. Estoy convencido de que puedo sacarle de ese embrollo.

Tuve que insistir un rato más, y por fin Ana accedió a salir del despacho sin que llamáramos a la policía. Pero estaba convencido de que no pasaría demasiado tiempo antes de que decidiera hacerlo por su cuenta.

Seguí leyendo el folio.

Creo que aún no está todo perdido. Como hasta el momento tus Héroes no me han servido de mucha ayuda, he tenido que buscarme la vida. ¡Y ya sé cuál es el secreto de Kalanúm!

Eso me parecía muy bien, porque el que seguía sin saber en qué consistía el dichoso secreto era yo.

Debes hacer lo que yo te diga, papá: es muy importante. Sube a mi habitación y abre mi armario. En la parte de arriba, al lado de las mantas, tengo los libros de cuando hacía primaria. Mira detrás y encontrarás un estuche de tela con un dibujo del pato Donald. Ábrelo y verás lo que hay dentro...

Siento tenerlo ahí y no haberte dicho nada. Pero lo encontré en la calle, hace mucho tiempo, y pensé que lo habías tirado porque no querías verlo. Yo me lo guardé y me callé. Hacía mucho tiempo que no lo miraba, porque cada vez que lo hacía me sentía muy mal y me ponía a llorar; pero ahora, cuando lo he visto dentro de esa caja de madera, en Kalanúm, lo he recordado perfectamente.

Haz lo que te pido, por favor. Todo está en tus manos. Yo ya no puedo hacer mucho más.

Por favor, date prisa. ¡Me da mucho miedo Keio! Ya me ha hecho daño una vez y no quiero que vuelva a hacerlo.

Me levanté de la silla con el corazón acelerado. En un rincón de mi cerebro se había encendido una lucecita; pero aunque sospechaba de qué me estaba hablando Carlos, no quería leer mi propio pensamiento.

Subí los escalones de dos en dos y entré en su cuarto. Ana lo acababa de fregar y el suelo estaba húmedo, pero me dio igual. Abrí el armario, aparté las mantas y rebusqué entre los libros. Como el maletero estaba demasiado alto no veía bien, de modo que me subí a una silla. No tardé en encontrar el estuche rojo con el pato Donald. Lo palpé y noté un bulto familiar.

Casi rompí la cremallera al tirar de ella. Allí estaba lo que me había imaginado: el viejo reloj de plata de mi abuelo. Aquel mismo reloj que, la noche aciaga en que inventé a Keio, tiré por la ventana en un arrebato de locura.

¡De modo que Carlos lo había recuperado, y el muy granuja no me había dicho nada! Me senté en su cama y lo abrí. El cristal estaba roto, pero debajo seguía la fotografía que me había dado Silvia poco después de nuestro primer beso. La vi tan joven y tan guapa, con el pelo negro y largo sobre los hombros, que la garganta se me hizo un nudo.

Recordé ese mismo pelo negro derramado sobre mi regazo, en un banco del Retiro, una tarde de otoño en que soplaba un viento helado y las hojas de los árboles caían sobre el estanque. A nosotros el frío nos daba igual, porque estábamos juntos. Yo le estaba leyendo las hojas manuscritas de mi primer relato sobre Kalanúm.

«Me gusta mucho –me dijo–. Quiero que sigas.»

«Pero no creo que llegue a publicarlos nunca. Es muy difícil...»

«Pues entonces sigue escribiéndolo para mí. Luego ya veremos si consigues publicarlo.»

Yo prometí que iba a regalarle un personaje: un hada que sería su otro yo en el mundo de Kalanúm, Sileya.

«¿Y por qué dices que me lo regalas?», me preguntó.

«Porque, aunque algún día llegue a publicar este relato, nadie oirá hablar nunca de Sileya. Ella estará allí, en la sombra, ayudando a los Héroes, pero solo lo sabremos tú y yo...»

Cuando me convertí en el cínico creador del no menos cínico Keio, llegué a pensar en todo aquello como una cursilería. Pero ahora, al recordar cuántas cosas había perdido, comprendí que el secreto de Kalanúm, la fuente escondida de la que manaban la magia de aquel reino y el poder de los Héroes, era, sencillamente, mi amor por Silvia.

¿Seguía estando allí aquel amor? Había llegado a convencerme de que el trozo de corazón en que lo guardaba se había convertido en piedra. Sin embargo, ahora lo volvía a encontrar en aquella foto descolorida tras el cristal roto de un viejo reloj.

Primero fue una lágrima, y luego vino otra, y después ya no me pude contener y lloré todo el llanto que había guardado en esos años de soledad y desesperanza. Con la cabeza hundida entre las manos, tuve la ilusión de que aquellas lágrimas eran negras, porque arrastraban toda la ponzoña que se había sedimentado en mi alma desde la muerte de Silvia.

Luego levanté la cabeza y me quedé mirando de nuevo al reloj. Me sentía vacío, aliviado, como si acabara de expulsar de mi interior una enorme babosa. Me levanté de la cama, guardé el reloj en el bolsillo y bajé a mi despacho.

Allí encendí el ordenador, abrí el procesador de texto, elegí una letra en negrita, pulsé *Bloq Mayús*, centré y escribí:

EL REGRESO DE LOS HÉROES

Por segunda vez se encontraba Arfagacto, Bibliotecario Mayor de Demiuria, en las mazmorras de Tinmar, el oscuro castillo de Melania...

EL REGRESO DE LOS HÉROES

POR segunda vez se encontraba Arfagacto, Bibliotecario Mayor de Demiuria, en las mazmorras de Tinmar, el oscuro castillo de Melania. La primera vez había sentido pavor, pues pensaba que la bruja iba a torturarle para que revelara todo tipo de secretos, pero también esperanza, ya que estaba seguro de que los Héroes de Kalanúm acudirían en su rescate.

Ahora ya no albergaba ni temor ni esperanza. Los Héroes, o más bien los despojos de lo que una vez habían sido los Héroes de Kalanúm, colgaban de grilletes tan mugrientos y oxidados como los que lo aprisionaban a él mismo. A la tenue luz de la antorcha, apenas se distinguían como bultos inmóviles, abatidos o tal vez muertos. Estando Sileya en poder de Keio, los Héroes prisioneros y aquel muchacho en manos de Melania, la última ilusión de salvar Kalanúm se había desvanecido.

—Todo está perdido, todo... –se lamentó.

—Con el debido respeto, señoría –dijo Melpomeno–, ¿os importaría dejarlo ya? Estas argollas son ya bastante molestas, así que no me hace falta escuchar vuestras quejas todo el tiempo.

—Pero... pero... ¡esto es un ultraje! ¿Cómo te atreves a hablarme así? ¡Haré que te encierren!

—Por desgracia, ya estoy encerrado, señoría; así que hacedme el favor de dejar de gimotear.

Arfagacto descubrió que no tenía palabras para contestar.

Algo se movió a su izquierda. El bibliotecario torció el cuello, a pesar del dolor de sus gastadas cervicales, y miró. Lo que vio le dejó asombrado.

Petrazio había levantado la cabeza y sonreía con su característico desenfado. Sus dientes brillaban en la oscuridad de la celda.

—¡Vaya, vaya! –dijo con voz alegre–. No esperaba despertarme esta mañana en un lecho de rosas y jazmines, pero tampoco en una alcoba tan poco digna de mí. ¡Eh, compañeros! ¡Os hablo a vosotros, a los que os hacéis llamar Héroes! ¿Es que pensáis seguir durmiendo todo el día?

Al otro lado del calabozo se oyó un prodigioso bostezo, como si un oso se desperezara tras seis meses de hibernación. Solo podía ser Kimbur.

—¡Por todos los demonios, qué hambre! –gruñó–. Me comería una cabra con cuernos y pezuñas. ¡Me duele el estómago como si llevara años sin comer!

—Y bien puede ser así –le respondió Cronarca, que se encontraba a la derecha de Arfagacto–. Hemos estado prisioneros de algún extraño hechizo temporal que ni siquiera mi ciencia mística alcanza a comprender del todo. Pero ahora hemos vuelto, ¡y ay del que osó enviar a Cronarca a aquel limbo!

—¿Alguien me puede librar de estas cadenas? –se lamentó Áblopos.

Arfagacto sintió que el corazón le latía de júbilo.

¡Los Héroes estaban vivos, y ahora sus voces sonaban tan confiadas como siempre! Aunque estuvieran prisioneros, tal vez aún quedaba alguna esperanza de derrotar a Keio. ¡Los Héroes habían vuelto!

—Organicémonos –dijo Petrazio–. Kimbur, ¿puedes romper estos grilletes?

—Siempre que dices que nos organicemos, es a mí a quien le toca trabajar –rezongó Kimbur–. ¿Cómo quieres que ande rompiendo grilletes si ni siquiera he desayunado?

—Haz lo que quieras, pero si no los rompes no tendrás manos con las que llevarte el desayuno a la boca.

—¡En eso tienes razón! –rugió Kimbur.

¡Clac, clac! Sonaron dos chasquidos secos, y luego el Héroe se puso en pie. Aunque la luz de la antorcha era cada vez más débil, Arfagacto vio que la silueta que se recortaba contra las sombras de la pared volvía a ser tan robusta y panzuda como siempre.

—¡Ja, ja, ja! –las carcajadas de Kimbur retumbaron como el trueno entre aquellas estrechas paredes–. ¡Muy mal me tiene que haber visto esa condenada bruja si creía que con unas argollas de papel podía sujetarme!

—¿Te importaría irme soltando a mí? –insistió Áblopos.

—Espérate un poco, compañero. Primero liberaremos a nuestro venerable bibliotecario.

¡Por fin alguien mostraba un poco de respeto! Las manazas de Kimbur se cerraron sobre las muñecas de Arfagacto y dieron un fuerte tirón. Las anillas que sujetaban al anciano a la pared saltaron rotas.

—¡¡Aay!! ¡Me has hecho daño!

—Lo siento, señoría. Cuando tengo tanta hambre, me cuesta controlar mi fuerza.

Kimbur fue soltándolos de uno en uno. Cuando llegó a Cronarca, este le mostró las muñecas, libres de hierros.

—¿Crees acaso que el Señor del Tiempo necesita de tu fuerza bruta?

—Ya la necesitarás más adelante, y veremos si te la presto, tragafuegos.

—¡Ja!

Por fin, los seis se levantaron, libres de cadenas. La antorcha vaciló un par de veces y amenazó con dejar la celda a oscuras. Cronarca levantó una mano, pronunció una sola palabra y las llamas volvieron a arder, más intensas que antes.

Sin poder creerlo, Melpomeno y Arfagacto se quedaron mirando a los Héroes. Ahí estaban los cuatro, tal como los recordaban: Petrazio, con su impecable traje verde, la espada al cinto, los ojos negros y la blanca sonrisa que cautivaba a las damas; Kimbur, con su espesa barba negra, la maza de hierro que ni cuatro hombres podían levantar y su panza siempre hambrienta; Áblopos, vestido de tornasol, nervioso y rápido como un pájaro y con su infalible arco al hombro; y el magnífico Cronarca, con sus rasgos afilados, su aristocrático bigote, la capa carmesí y los pies levitando a un palmo del suelo.

—¿Quién de vosotros quiere abrir esa puerta? –preguntó Petrazio a sus compañeros.

Mientras Kimbur y Cronarca se miraban, Áblopos se movió como el rayo y apareció junto al candado. Sacó un alambre de la bolsa que colgaba de su cintura y empezó a manipular la cerradura con tal rapidez que los dedos apenas se le veían.

—¡Ya está! –anunció orgulloso, y les mostró el candado abierto–. ¡Es hora de salir de aquí!

Petrazio se volvió hacia Arfagacto y levantó un dedo.

—Mejor será que nos esperéis aquí. No queremos que recibáis ningún daño..., pero volveremos a por vosotros.

Cuando los Héroes desaparecieron, Arfagacto y Melpomeno se miraron durante unos segundos. Después se estrecharon las manos, sonriendo, y sus caras se llenaron de arrugas.

CARLOS

ME llevaron a Megalia en un helicóptero de asalto. Yo iba en la cabina del piloto, al lado de un tipo muy alto que llevaba una cresta de pelo teñido de verde y unos nudillos de hierro en la mano izquierda. Todos le llamaban Turi y parecía el jefe. De vez en cuando, entre el estruendo del motor y las aspas, decía algo y los demás le reían la gracia. Las pocas veces que lo entendí, pensé que no lo habían elegido precisamente por su inteligencia.

Pasamos por encima de una playa azotada por la marea negra. Después dejamos atrás el continente y sobrevolamos el mar, que se veía oscuro y liso como un disco de vinilo. Según nos acercábamos a Megalia, las nubes eran cada vez más espesas y la atmósfera más turbia.

Por fin pude contemplar de cerca la gran urbe de Keio. Era espectacular, aunque tenía un aire siniestro que me ponía la carne de gallina. Se alzaba sobre una gigantesca plataforma, encima del mar. Alguien me dijo con orgullo que desde la superficie del agua hasta el punto más alto de Megalia había nueve mil metros. Su forma era la de una inmensa torre, o más bien de una pirámide que subía en terrazas espirales, cada una de las cuales albergaba una pequeña ciudad. En todas ellas había grandes edificios, rascacielos iluminados con grandes focos y unidos entre sí por autopistas aéreas, y también muchas chimeneas, altísimas y oscuras, que no dejaban de escupir llamaradas y humo negro hacia el cielo. Al verlas, tuve la extraña impresión de que allí no se fabricaba ni se calentaba nada y de que echaban humo solo por contaminar.

El helicóptero sobrevoló aquellas terrazas hasta llegar a la cima de la pirámide: una explanada tan grande como dos campos de fútbol, en la que no había rascacielos, sino una mansión de acero y cristal en forma de C. Estaba rodeada de grandes focos, y en el centro de la C había una piscina iluminada. A su lado se levantaba una torre de comunicaciones que por lo menos debía de medir cincuenta metros. Sin duda, era el punto más alto de Megalia.

—Ya estamos –dijo Turi.

El helicóptero se posó sobre una gran K dibujada en el cemento con pintura roja. Me hicieron bajar a empujones. Aunque no soy muy alto, me agaché por miedo a las aspas. Detrás de mí salieron Turi y seis o siete de sus secuaces.

Nos dirigimos hacia una gran puerta enrejada. A ambos lados del camino se amontonaba una multitud de mendigos y vagabundos, muy sucios y vestidos con andrajos, a los que los esbirros de Keio apartaron a culatazos y golpes de cadena. Me quedé sorprendido al ver chabolas hechas de cartón, y bidones de metal en los que habían encendido fogatas para calentarse las manos y asar unas salchichas verdosas que ni los perros habrían querido.

Turi se dio cuenta de mi desconcierto y se rió con unas carcajadas de imbécil.

—Al jefe le gusta tener cerca a toda esa chusma. Así disfruta mucho más de todas las riquezas que tiene.

Cuando llegamos a la verja, esta se abrió sola. Los vagabundos quisieron entrar, pero unos guardias con dóbermans los hicieron retroceder a golpe de porra.

Atravesamos un extraño jardín en el que los árboles eran de metal y las flores de plástico. Después llegamos a la piscina, que tenía forma de habichuela y estaba rodeada de hamacas. Turi me hizo detenerme a unos cuatro metros del bordillo. Había un hombre nadando a estilo crol, con la velocidad de un campeón olímpico. Cada vez que llegaba a la pared, sus piernas asomaban fuera del agua un instante, se hundían, y después de unos segundos él volvía a aparecer nadando diez metros más allá.

En las hamacas había chicas tumbadas, con unos bañadores tan raros que parecían cualquier cosa menos bañadores. Pensé que estaban demasiado buenas para ser de verdad (solo estoy haciendo segundo de la ESO, pero no soy ciego). Algunas tenían la piel pintada de colores y cadenas o tachuelas incrustadas en el cuerpo, y se habían tatuado letras K de color rojo. Todas llevaban gafas de sol a pesar de las nubes. Al mirar hacia arriba comprendí el motivo, ya que había tres grandes focos como los que alumbran los estadios de fútbol por la noche, solo que eran de rayos ultravioleta.

El nadador se cansó por fin y salió del agua dándose impulso por encima del bordillo, aunque tenía la escalerilla al lado. Dos chicas se apresuraron a secarle con toallas de felpa en las que, por supuesto, habían bordado la dichosa K. Como me había imaginado, era el propio Keio. Lucía unos abdominales como los cuadritos de una tableta de chocolate, el cuerpo depilado y unos bíceps y unos pectorales que le hacían parecer un modelo anunciando calzoncillos en una parada de autobús.

Turi le dio novedades mientras las chicas le secaban. Después, le trajeron un mono de licra y una chaqueta de cuero claveteado, que estaba plagada de armas. Mientras se vestía, Keio no dejaba de mirarme con curiosidad. Yo también le observaba de reojo. A ratos me parecía que estaba delante de mi padre y a ratos que no lo había visto en mi vida.

Keio se acercó a un gran mostrador de mármol que había a unos metros de la piscina y se puso detrás, como si fuera un camarero. Sacó una coctelera y empezó a echarle cosas dentro. La mezcla me dejó de piedra: un buen chorro de leche, un vaso de whisky, tres cucharadas de proteína en polvo (lo sé porque lo ponía el bote), cinco claras de huevo y un montón de pastillas de colores variados. Luego le tiró la coctelera a una chica con el pelo teñido de blanco y le ordenó que la agitara.

Después, salió de detrás de la barra y se dignó dirigirse a mí.

—Así que tú eres esa persona tan importante de la que me habló ella. No me das la impresión de ser la clave de nada. Sin embargo... tu cara me es familiar.

Mientras me mordía la lengua para no contestar, me prometí a mí mismo que, si volvía a mi casa, cogería el muñeco de Keio que tenía en la habitación y le daría la paliza de su vida.

Él extendió la mano y me ordenó:

—Ahora, dame eso que tienes para mí.

Me encogí de hombros, haciéndome el loco. Turi se acercó por detrás, me cogió la muñeca y me obligó a meter la mano en el bolsillo y a sacar el joyero. Luego me lo quitó y se lo entregó a su jefe.

Keio abrió la caja y sacó el reloj de plata, cogiéndolo por la cadena como si tuviera miedo de mancharse con él. Durante un rato lo estuvo balanceando delante de sus ojos. Por fin, se decidió a levantar la tapa y examinó la foto.

—Se parece mucho a ti.

Pensé que me estaba hablando a mí, pero no era así. Una voz de mujer que yo conocía perfectamente le contestó.

—¿Te parece tan hermosa como yo?

Miré hacia atrás, sorprendido. Allí estaba Sileya, tan guapa como la recordaba, pero vestida de una forma que jamás me hubiese esperado de

180

un hada. Llevaba un traje de baño plateado y unos zuecos altísimos, y se había recogido su preciosa melena negra en un moño. Estaba como para silbarle en tres tonos, pero no me gustaba que vistiera así. Ella se acercó a Keio (al pasar me rozó el hombro un instante, pero como si yo no estuviera allí) y miró el reloj.

—Sí, es verdad... Tiene un vago parecido conmigo.

—Pero tú eres más hermosa –le dijo Keio.

El muy asqueroso le acarició el brazo con la punta de los dedos y se inclinó un poco, como si fuera a besarla en la boca. Me dieron ganas de vomitar allí mismo; pero Sileya se apartó de él y me miró.

—¿Quién es este niño?

No sé qué me molestó más: que me llamara niño o que no se acordara de mí.

—¿Cómo que quién soy? ¿Es que no me reconoces?

—Me resultas familiar, pero...

—¡Yo sí que me acuerdo ahora! –la interrumpió Keio–. Es ese chico al que le retorcí la nariz cuando se intentó interponer entre tú y yo. Sí, fue el día en que te encontré en aquella ciudad que... Vaya, no logro recordar cómo se llamaba.

Keio chasqueó los dedos y Turi se acercó como un perrillo faldero. Solo le faltaba sacar la lengua.

—¿Cómo se llamaba aquella ciudad?

Turi arrugó mucho las cejas, poniendo cara de

pensar. Se notaba que no estaba acostumbrado y aquello le dolía.

—No me acuerdo, jefe –se rindió.

—No debe de merecer mucho la pena cuando no somos capaces de recordar su nombre. Encárgate de que la arrasen.

—¿Con qué, jefe?

—Con napalm estará bien. Sí, usa napalm.

Miré alarmado a Sileya. ¿Es que pensaba consentirlo? Ella me sonrió, pero con una sonrisa vacía, como la chica de un póster de revista.

Mientras tanto, Keio se dio la vuelta, echó atrás el brazo y lanzó el reloj de plata como si fuera una bola de béisbol. El fabuloso secreto de Kalanúm voló por encima de la piscina y más allá, hasta pasar por encima de una alambrada. Allí chocó con una especie de campo de energía y se achicharró entre chispazos verdes.

¡Os podéis imaginar cómo me puse! Tanto, que me abalancé sobre Keio y le di un puñetazo en el estómago con todas mis ganas.

Como ya he dicho, sus abdominales parecían una tableta de chocolate, pero de ese chocolate que saca uno del frigorífico y no hay quien lo parta. Casi me rompí la mano.

Keio me agarró por el pelo y me obligó a ponerme de rodillas. La verdad, empezaba a estar hasta las narices de que todo el mundo me hiciera arrodillarme.

—¿Así que ese era el secreto que haría resucitar a tus Héroes? –se burló de mí–. Pues tu precioso secreto acaba de desintegrarse, así que tendrás que sacarte otro de la manga.

Sileya, como si no le gustara aquel espectáculo, dijo que iba a cambiarse y se alejó con un contoneo de caderas que no me pareció muy propio de un hada. Keio se quedó mirándola unos segundos. No me gustó nada su sonrisa. Después, me obligó a sentarme junto a una mesa de metal cubierta por una gran sombrilla. Hizo un gesto con la mano y le trajeron su batido alcohólico-proteínico, adornado con una especie de gelatina amarilla.

—Deberías dejar de agredirme, muchacho –me dijo–. No es que supongas ninguna amenaza para mí, pero alguna vez puedo lanzar un golpe por puro reflejo y partirte el cuello.

Para demostrarme que era capaz de hacerlo, cogió un grueso cenicero de cristal que había sobre la mesa y lo rompió entre sus dedos. Yo tragué saliva y no dije nada. Si quería asustarme, lo había conseguido. A él le empezó a gotear sangre por la mano, pero no hizo caso.

—A ver, mírame a los ojos –me ordenó.

Lo hice. Durante un instante, me pareció que sobre los ojos de Keio aparecían los de mi padre, como una imagen superpuesta. Él también notó algo raro, porque se quedó desconcertado y su actitud cambió un poco.

—Tienes algo que promete, chico: lo veo en tu mirada. Podrías llegar a ser un tipo duro. Si creces un par de cabezas y coges unos cuarenta kilos de masa muscular... Sí: lo mejor será que entres en mis jóvenes cachorros. De momento, tendré que prohibirte los ejercicios aeróbicos. ¡Por ahora, solo anaeróbicos! ¡Hay que adquirir volumen!

Yo no sabía de qué demonios me estaba hablando. Los cambios de humor de Keio me desconcertaban. En cualquier caso, me sentía muy incómodo, ya que estábamos rodeados por esbirros cachas y armados hasta los dientes y por chicas raras vestidas con bikinis aún más raros, y todos permanecían en silencio, esperando a que su jefe estornudara para limpiarle la nariz si hacía falta.

—¡Traedle un especial al muchacho!

Me pregunté qué sería el especial, pero pronto salí de dudas, ya que me trajeron un plato con una hamburguesa.

Ya sé que aquella situación no era como para dedicarse a comer hamburguesas, pero yo tenía mucha hambre. Aun así, levanté el pan para ver qué había debajo. El aspecto de aquel trozo de carne no me gustó nada. Al tocarlo, comprobé que era de plástico.

—¿Cómo me voy a comer esto? –pregunté.

Por respuesta, Keio cogió la hamburguesa, le dio un bocado, masticó un par de segundos y tragó.

—Está muy buena. Aunque a mí me gusta un poco más cruda.

—¿Cómo te puedes comer eso? ¡Es artificial!

Keio se me quedó mirando como si no entendiera de qué le estaba hablando.

—¿Y qué tiene eso de malo? –me preguntó.

Le dio otro de sus puntos, se puso de pie y me hizo un gesto para que le siguiera. Yo obedecí como un corderito, mientras su círculo de admiradores se abría para dejarle paso.

Subimos por una escalera blanca que llevaba hacia un mirador, una especie de púlpito que se enroscaba alrededor de ¡ninguna parte! Reconozco que sentí un poco de vértigo, aunque la vista era muy buena.

Keio me señaló Megalia, la ciudad de la que tan orgulloso se sentía, y que descendía bajo nuestros pies, terraza tras terraza de luces, humo, puentes, antenas y chimeneas en llamas. Luego me fue indicando con el dedo los aviones y helicópteros que volaban a nuestro alrededor como un enjambre de luciérnagas, y los barcos de todo tipo que entraban y salían de su puerto; y también la gran autopista que se extendía sobre el larguísimo puente de hormigón que llevaba hacia el continente.

—Todo eso que ves es artificial –me explicó–. Lo hemos construido nosotros.

Ya que él señalaba, yo hice lo mismo, y apunté hacia el mar.

—El mar es natural. Eso no puedes cambiarlo.

—¿Eso crees? –me preguntó con desdén–. Ya apenas quedan en él más que fluidos artificiales. En cincuenta kilómetros a la redonda no encontrarás un solo pez vivo, ni tan siquiera una miserable brizna de plancton. Nosotros somos hombres y debemos modelar el mundo a nuestra imagen y semejanza. ¡No un mundo natural, sino un mundo artificial, en el que podamos controlarlo todo y en el que cada átomo que comamos, bebamos o respiremos haya sido creado por nosotros! –añadió cerrando el puño.

—¡Pero a cambio estáis matando Kalanúm!

De nuevo me miró sin entender.

—¿Kalanúm? ¡Ah, sí! Creo que así es como llaman los nativos a este patético mundo. Pobres atrasados. Hemos venido a traerles nuestros avances, así que deberían estar más agradecidos.

De pronto se me quedó mirando con cara de loco. Me abrió la cazadora de golpe, cortó la manga del jersey y de la camiseta y tiró hasta dejarme el hombro derecho al aire.

—Es un buen lugar para ponerte mi marca. ¡¡Turi!!

El aludido subió corriendo las escaleras del mirador.

—¿Qué quieres, jefe? Iba a encargar que cumplieran tu orden...

—¿Qué orden? Ahora lo que quiero es que te lleves al chico para que le graben la K en el hombro. Después, llévalo al campamento de los cachorros.

—Sí, jefe.

—Hazlo con un hierro candente. Parece débil, pero sé que dentro guarda fuerza: hay que empezar a sacarla al exterior.

Turi me agarró del codo y tiró de mí. Sentí que las piernas se me aflojaban. ¡Un hierro candente!

En ese momento sonó una especie de gemido, primero lejano y cada vez más intenso y agudo. Era una alarma antiaérea. Al principio, todo el mundo se quedó congelado en el sitio, sin saber qué hacer. A la primera llamada contestaron otras sirenas, y bocinas, timbres y voces de alerta por megafonía: *ATENCIÓN, ATENCIÓN: NOS ESTÁN ATACANDO*. Se desató un jaleo infernal. Entre gritos y carreras, las luces de los edificios se apagaron y por todas partes empezaron a encenderse reflectores y focos que barrieron las alturas.

En medio de aquel caos, Keio dejó de prestarme atención y bajó del mirador saltando los peldaños de cinco en cinco. Turi me soltó y corrió tras él. Las chicas que se estaban bronceando en la piscina cogieron sus toallas y se retiraron al interior de la mansión. La propia piscina se secó en cuestión de segundos y de su fondo empezó a salir una gran plataforma erizada de cañones y ametralladoras antiaéreas.

Ya que me habían abandonado a mi suerte, miré hacia lo alto. Las sirenas seguían sonando ensordecedoras, mientras mil haces de luz alumbraban el cielo buscando la amenaza que se cernía sobre Megalia.

Entonces, se abrió un claro entre las nubes y una gran forma circular se recortó sobre nuestras cabezas. Debo confesar que se me puso la carne de gallina, pero no de miedo, sino de emoción. Porque el sol había logrado, por fin, abrirse paso a través de ese muro de nubes y ahora sus rayos se estaban reflejando sobre Terópolis, ¡la fortaleza volante de los Héroes de Kalanúm!

¡Los Héroes habían vuelto, por fin! Me puse a dar brincos sobre el mirador y a chillar como loco.

—¡Bien, papá! ¡Lo has conseguido!

Y después me volví hacia Keio, que estaba al pie de la escalera, y le señalé con el dedo.

—¡Ahora te vas a enterar de lo que es bueno, pringado!

Él me miró con odio y gritó:

—¡Esos estúpidos! ¡Los derribé una vez y puedo volver a hacerlo mil veces más!

Subió dando zancadas por la escalera y volvió a plantarse a mi lado. Sacando de un bolsillo un móvil minúsculo, ordenó:

—A todas las unidades: ¡Fuego! ¡Utilizad toda la potencia disponible! ¡El trozo más grande que quede de la fortaleza no debe servir ni de pisapapeles!

Los antiaéreos que habían brotado del fondo de la piscina empezaron a vomitar proyectiles incandescentes. Me agaché y me tapé los oídos. Al mismo tiempo, todas las terrazas de la ciudad escupieron fuego, y también lo hicieron cincuenta destructores y cien aviones de combate. Terópolis resistió bien los primeros impactos. Pero los misiles llegaban sin cesar y ni sus muros de granito ni la piedra antiimán estaban preparados para resistir un bombardeo tan intenso. Mientras yo repetía «¡No puede ser, no puede ser!», el castillo empezó a iluminarse con el resplandor de mil explosiones que se abrían como capullos de luz desplegando sus pétalos. Al fin, todas se unieron en una sola llamarada, tan cegadora que me agaché para taparme los ojos.

Cuando volví a mirar, el estruendo de los misiles se había apagado y todo lo que quedaba de Terópolis era una nube de brasas que caían hacia el mar como restos de fuegos artificiales al final de una feria.

A nuestros pies, los secuaces de Keio empezaron a dar saltos, a gritar y a disparar sus armas en señal de júbilo.

Keio me agarró del codo y me hizo bajar del mirador. Después me obligó a arrodillarme una vez más y sacó un cuchillo de su chaqueta.

—¡No vuelvas a poner tu confianza en los débiles! La primera lección que debes aprender es que solo prevalece el más fuerte... y te la enseñaré con sangre si es preciso.

Cuando me acercó el cuchillo al hombro, supe que pretendía grabarme la K él mismo. Le agarré la muñeca con las dos manos y traté de retorcérsela. En vano. Su brazo era duro y frío como una barra de metal.

—¡No le hagas daño!

Keio y yo nos volvimos a la vez. Una mujer venía andando desde la mansión. La envolvía un halo de luz y en la mano llevaba una vara reluciente. Era Sileya, que había vuelto a vestirse de reina de las hadas.

Keio me soltó, pero a cambio me volvió a coger Turi, que siempre aparecía a tiempo para fastidiarme.

—¿Qué significa esto? –gritó Keio–. ¿No quedamos en que ibas a acabar con todas esas ridiculeces? ¡Vístete como una mujer!

Sileya sonrió. Pero su sonrisa no estaba dirigida a Keio, sino a mí, y comprendí que todo lo anterior había sido un engaño, una comedia. ¿Qué pretendía realmente? ¿Tenía algún plan?

—Un hada debe vestir como un hada –explicó con paciencia–. Pero creo que ahora deberías ocuparte de otros problemas más urgentes que mi vestuario.

—¿Como cuáles?

—Mira encima de ti...

Un foco blanco nos iluminó desde arriba. Sobre nuestras cabezas se había detenido un avión de despegue vertical, con una gran K pintada en su panza.

—Es uno de mis bombarderos –dijo Keio–. ¿Y qué?

La bodega del avión se abrió, pero por ella no cayeron bombas, sino tres largas cuerdas que se desenrollaron hasta llegar al suelo, y por ellas bajaron otras tantas figuras. La primera, grande y pesada como un oso, cayó prácticamente a plomo. La segunda, más ligera, se fue haciendo transparente y desapareció de la vista a mitad del descenso. La tercera se deslizó por la soga con la elegancia de un trapecista.

Y junto a ellos, sin cuerda, sentado en la posición del loto y usando su gran capa carmesí a modo de paracaídas, flotaba muy digno el Señor del Tiempo.

¡Aquellos sí eran los Héroes!

Durante unos segundos, nadie, empezando por mí, fue capaz de reaccionar. Mientras se dejaba caer, Petrazio soltó una carcajada.

—¿Tan estúpidos nos creíais como para cometer el mismo error dos veces? –exclamó–. ¡Aún no conocéis a los Héroes de Kalanúm!

Cuando aún estaba a tres metros del suelo, Petrazio se soltó de la cuerda, dio un doble mortal y se plantó a mi lado. Turi me soltó para tirarle un puñetazo, pero solo alcanzó al aire, y a cambio se llevó una patada en el estómago que lo derribó sin respiración.

Los esbirros de Keio abrieron fuego sobre nosotros. Para mi sorpresa, Petrazio desenvainó la espada y empezó a trazar molinetes con ella para desviar las balas como un perfecto caballero Jedi.

—¡Comprobaréis que hemos aprendido algunos trucos nuevos! –exclamó.

Petrazio, sin dejar de protegerme, tiró de mí y me llevó a refugiarme junto a la mansión. Allí, me hizo esconderme entre unas columnas y un banco de hierro. Diez o doce esbirros de Keio venían corriendo hacia nosotros. Petrazio se lanzó de frente hacia ellos y yo pensé que se había vuelto loco. Pero, cuando empezaron a dispararle, saltó como un muelle, giró en el aire, dio tres grandes zancadas pisando en la pared de la mansión como si tuviera ventosas en los pies, y cayó más allá de los matones dando una voltereta. «¡Vivan los nuevos efectos especiales!», me dije.

Todo aquel lugar se había convertido en un caos. Kimbur levantó la barra que había junto a la piscina (seis metros de mármol, por lo menos) y se la arrojó a un pelotón de sicarios de Keio que intentaban ametrallarlo. Ahora estaba enfrentándose a dos matones hipermusculosos que no tardaron en volar por encima de la balaustrada, de camino a la siguiente terraza. ¡Buen viaje, amigos!

Alguien había hecho despegar el helicóptero de combate que me había traído, y ahora se dirigía hacia Kimbur apuntándole con las dos ametralladoras con la evidente intención de acribillarlo. Pero Cronarca se plantó en medio y levantó su vara.

—¡Obedece al Señor del Tiempo, inmunda bestia de metal! ¡Congélate, te digo!

El helicóptero se quedó clavado en el aire y con las aspas quietas, como en una fotografía ultrarrápida, y hasta los proyectiles que ya había disparado se detuvieron a un metro del pecho de Kimbur. Este le hizo un gesto al mago.

—¡Gracias, tragafuegos!

Y después siguió repartiendo golpes a diestro y siniestro, como a él le gustaba.

Yo me había emocionado y estaba de pie aplaudiendo. Algo me golpeó en la espalda y caí de bruces al suelo. Me revolví todo lo rápido que pude, pero mi agresor me plantó un pie en el pecho y me inmovilizó. Era una chica vestida con un mono de cuero que me apuntaba con una ballesta láser.

—Adiós, pingajo –me dijo con una sonrisa plagada de colmillos de metal.

Cuando iba a apretar el gatillo, la ballesta saltó de sus manos. Ella se quedó mirando con la boca en forma de O, mientras su propia arma se daba la vuelta, la apuntaba y disparaba. La chica voló un par de metros con el pecho chisporroteando y se estrelló contra uno de los focos. Yo me levanté enseguida, y durante unos segundos vi una silueta semitransparente, que parecía hecha de agua.

—¡Gracias, Áblopos! –le dije.

—¡Quédate aquí y no asomes ni la cabeza! ¡Es muy peligroso! –me advirtió el Héroe, a la vez que volvía a hacerse invisible y, supongo, se iba a otra parte.

Pero pedirme que ni siquiera asomara la cabeza era demasiado: ¡nunca había visto un espectáculo tan magnífico como el de los Héroes de Kalanúm en acción!

Mientras Kimbur, Cronarca y Áblopos acudían de un lado a otro, como si se hubiesen multiplicado por siete, un increíble duelo de esgrima enfrentaba la katana de Keio contra la espada de Petrazio. Se movían tan rápido que seguir sus fintas, sus golpes y sus paradas resultaba dificilísimo. Mientras los veía pelear contuve la res-

193

piración y apreté los puños, hasta que me di cuenta de que me estaba clavando las uñas.

En un momento dado, Keio dio un traspiés y casi cayó de espaldas. Pero solo era una treta. Cuando Petrazio se abalanzó sobre él, Keio se revolvió y le dio una patada en el pecho que lo mandó contra el cañón antiaéreo, a cuatro metros de distancia.

Por un instante temí que Petrazio se hubiera roto la espalda. Pero el jefe de los Héroes era demasiado duro, incluso para Keio, y se levantó y dio un doble mortal sobre el cañón.

—¡Dejádmelo a mí! –les exigió a sus compañeros–. ¡Ese es mío!

Keio decidió cambiar de táctica. Tiró lejos la katana, huyó de Petrazio y corrió hacia Sileya, que había permanecido ajena a la pelea. Antes de que el hada pudiera hacer nada con su varita, Keio la agarró por el cuello y le apretó la garganta con el filo del mismo cuchillo con el que había querido tatuarme.

—¡Rendíos ahora mismo si no queréis que la mate! –gritó.

Todo se calmó durante unos instantes. Los esbirros que seguían en pie se sentaron en el suelo para tomar aliento, mientras algunos de los que estaban en el suelo se levantaban trabajosamente. Los Héroes se fueron acercando muy despacio, rodeando a Keio.

—¡Ni un paso más o le rebano el cuello!

Los Héroes se detuvieron, mirándose entre ellos sin saber qué hacer. Decidí que era yo quien tenía que actuar, así que salí de mi escondite y corrí hacia Keio.

—¡Déjala en paz! ¡Tú no puedes hacerle daño!

Pensé en gritarle: «Tú eres mi padre y ella es mi madre, ¿es que no te das cuenta?», pero las palabras no llegaron a salir de mi boca.

Keio me sonrió y apartó su arma de la garganta de Sileya. Pero cuando parecía que iba a soltarla, se giró de pronto, le clavó el cuchillo en el pecho y lo removió hasta llegar a la empuñadura. Sileya soltó un gemido ahogado y miró un instante al cielo. Después, sus piernas se doblaron y se desplomó a los pies de Keio, mientras una mancha roja empezaba a extenderse por su vestido.

Me quedé clavado a dos metros de ellos.

—¿Cómo has podido hacer eso? ¡Eres un asesino! –grité.

—Yo puedo hacerlo *todo*. ¿Aún no lo has entendido?

Los Héroes se precipitaron hacia él. Pero Keio miró hacia las alturas, levantó su brazo y disparó un lanzagarfios que tenía escondido bajo la manga de la chaqueta. El gancho se clavó en lo alto de la torre de comunicaciones. Antes de que yo pudiera reaccionar, Keio me levantó por la cintura como si fuera un monigote y volvió a activar aquel artefacto. El lanzagarfios recogió cable con la violencia de un látigo y yo me vi subiendo en el aire a tal velocidad que el estómago se me bajó a los pies.

Un par de segundos después estábamos arriba,

en una plataforma circular rodeada por una barandilla de metal. Me asomé un instante y la altura me mareó. Abajo, Petrazio empezaba a trepar a toda velocidad por los hierros de la torre, mientras Cronarca levitaba junto a él.

Keio sonrió de medio lado y me miró. ¿Qué se le habría ocurrido ahora? No tardé en saberlo. Con la mano izquierda, me agarró por la cazadora, me levantó en vilo y me sacó por encima de la barandilla. De pronto me vi con los pies a cincuenta metros del suelo y empecé a patalear y a chillar como loco. Ya había visto lo que aquel psicópata le había hecho a Sileya y sabía que era capaz de dejarme caer.

—¡Quedaos donde estáis!

Aunque mirar hacia abajo me daba pavor, vi cómo Petrazio y Cronarca se detenían a unos metros del suelo. Keio volvió a gritar:

—¡Ahora bajad, si no queréis que lo suelte y acabe aplastado como una cucaracha!

—Eso no se te ocurrirá hacerlo –dijo una voz tranquila, muy cerca de nosotros.

Keio se volvió sorprendido. Yo me agarré a su brazo y miré también. En la plataforma había aparecido alguien más.

¡Y no era otro que mi padre!

—Pon a mi hijo aquí, con mucho cuidado –ordenó, separando cuidadosamente las palabras.

Keio le obedeció, aunque muy despacio, como si quisiera dejar claro que actuaba así por propia voluntad. En cuanto sentí algo sólido bajo mis pies, me alejé un par de metros, hasta topar de nuevo con la barandilla, y los observé.

Sí, se parecían mucho, pero a la vez eran diferentes. Keio era más joven que mi padre, y más alto, y mucho más musculoso, y le miraba enseñando los dientes como una fiera acorralada. Pero mi padre no parecía inmutarse. De hecho, no le había visto tan tranquilo, con tanta paz en el rostro, desde que...

—Tú –dijo Keio con asco, como si escupiera veneno–. Tú... eres...

—Sí. Yo soy.

Keio le amenazó con el cuchillo.

—¿A qué has venido?

—No pensarías que iba a permitir que le hicieras daño a mi hijo.

—¡No te interpongas en mis planes!

—¿Te crees capaz de todo?

—¿No lo acabo de demostrar? Mira lo que acabo de hacer con tu preciosa hada.

—Entonces, ¿por qué no intentas clavarme eso?

—¡Con mucho gusto!

Keio lanzó una cuchillada de arriba abajo destinada a buscarle las tripas a mi padre, y yo sofoqué un grito. Pero el movimiento quedó interrumpido a la mitad, como si Keio hubiera topado con una pared invisible.

—¡Te voy a matar! –gritó, con la voz deformada por el dolor.

Volvió a echar atrás el brazo y lanzó otra cuchillada, pero esta vez su movimiento quedó bloqueado mucho antes. Keio jadeó y luchó contra aquella barrera, pero en realidad era su propio cuerpo el que se negaba a obedecerle. Por fin soltó el cuchillo, cayó de rodillas y se dobló sobre su estómago, como si fuera a vomitar.

Entonces mi padre hizo algo sorprendente, pues dio un paso adelante y puso una mano sobre la cabeza de Keio, que se había quedado tan inmóvil como una estatua.

—¡Cuánto debí de haber sufrido para haber creado a alguien como tú! Me temo que ya no queda esperanza para ti.

Después, se volvió hacia mí y abrió los brazos. Ya soy mayorcito, pero me arrojé encima de él y le di un abrazo. ¡Como para no hacerlo, después de todo lo que había pasado!

Cuando bajamos de la torre, los secuaces de Keio habían desaparecido como ratas que abandonan el barco. Las nubes se estaban despejando sobre nuestras cabezas y el sol rojizo del atardecer iluminaba a los Héroes, que rodeaban en silencio el cuerpo de Sileya. Me acerqué corriendo a ella.

—¿Está...?

No me atreví a terminar la pregunta. Me puse de rodillas al lado del hada, sin atreverme a tocarla. Una gran mancha oscura empapaba la parte delantera de su vestido.

—He podido cortar la hemorragia –me dijo Cronarca con gesto serio–. Pero no he conseguido que vuelva a respirar.

—¡Es un hada! ¡No puede morir! –protesté.

—Por desgracia, sí –respondió Petrazio–. Las hadas no son diosas, Carlos.

No me podía creer que estuviera muerta. Me parecía incluso más bella y serena que antes, como si estuviera dormida y soñara que Kalanúm volvía a ser Kalanúm.

Mi padre me puso la mano en el hombro.

—¡No dejes que se muera, por favor! –le pedí.

—No debería hacerlo, ¿verdad? –murmuró, como si hablara para sí mismo.

Después, nos pidió que nos apartáramos unos pasos y se arrodilló en el suelo junto a Sileya. Yo intentaba no llorar, pero la verdad es que lo veía todo borroso por las lágrimas y hacía esfuerzos para que no me temblara la barbilla.

Mi padre agarró a Sileya por los hombros y la incorporó un poco. La cabeza del hada se venció para atrás, pero mi padre le puso la mano detrás de la nuca y la levantó con toda gentileza. Entonces, por un instante, ocurrió algo extraño. Tal vez fueron las lágrimas, que no me dejaban ver bien, pero el caso es que me pareció que la cara de Sileya se había convertido en la de mi madre. Él le retiró los cabellos que habían caído sobre su frente y sus mejillas y la acarició.

—No te vayas. No pienso perderte otra vez, Silvia.

¿Había dicho Silvia o Sileya? Puede que mis ojos y mis oídos me engañasen a la vez. Nunca me he atrevido a preguntárselo a mi padre. Él la besó muy suavemente en los labios, y luego la apretó contra su pecho y la acunó.

Después, la miró a la cara y susurró:

—Abre los ojos.

Y ella abrió los ojos, que seguían siendo tan maravillosos y tan transparentes como antes. Ya no parecía mi madre, sino de nuevo el hada Sileya, pero yo me puse tan contento que esta vez sí que lloré de verdad. Lo más gracioso fue que Kimbur, el más grande y el más fuerte de los Héroes de Kalanúm, se puso a llorar conmigo y no dejó de hacerlo casi hasta el día siguiente.

* * *

Este sería un buen momento para terminar mi historia, pero conozco a algunos de mis amigos y sé que si lo dejo ahora empezarán a darme la tabarra con «¿Y qué le pasó a Keio?», «¿Y dónde estaba Melania?», «¿Le volvió a salir barba a Arfagacto?», «¿Cómo volvisteis al mundo real?», y preguntas de ese tipo.

A Keio y a los suyos, mi padre los desterró.

—Ni puedo ni quiero destruirte, porque eres una de mis criaturas –le dijo–. Pero no saldrás de tu ciudad ni volverás a poner los pies en Kalanúm a menos que yo te lo permita.

Keio agachó la cabeza y partió al exilio con toda su horda de macarras, ultras y violentos. Después, limitándose a escribirlo en su libreta, mi padre cortó la autopista que unía Megalia con el continente y después rodeó la ciudad con una enorme cúpula de energía negra que formaba una barrera impenetrable. Ahora, en los días claros, desde la costa oeste de Kalanúm se atisba una gran cúpula negra que sobresale del mar; y las gentes honradas se estremecen pensando que tal vez algún día vuelva a abrirse y la amenaza que casi destruyó sus reinos surja de nuevo a la luz.

Antes de nuestra partida se organizó una gran fiesta en Demiuria, la capital. Mi padre había pensado en reparar con el poder de su pluma toda la destrucción que habían sembrado Keio y los suyos, pero después prefirió dejar que los habitantes de Kalanúm lo hicieran por sí solos. De modo que la recepción se celebró en las ruinas del palacio del Consejo, entre escombros, boquetes y pintadas, pero con la alegría de saber que el mal había sido derrotado.

El momento más emocionante, al menos para mí, fue cuando los Héroes y yo tuvimos que subir a un podio improvisado con mesas para que Sileya nos condecorara con la Gran Orden de Kalanúm y nos diera un beso a cada uno... en la mejilla. Ahí estaba yo, de pie entre mis cuatro ídolos. ¡Ahora sí que éramos un equipo de baloncesto! A mi padre también quisieron homenajearle, pero él se negó con la excusa de que no quería robarnos protagonismo.

A aquella fiesta acudió gente de toda Kalanúm, incluso quienes menos me habría esperado: ¡Melania y sus capitanes! Turumno, el hombre león, se mantuvo apartado todo el tiempo, con cara de pocos amigos; en parte porque ya la tenía y en parte porque le habían puesto un bozal para que no mordiera a nadie. El gigantesco Rautas le estrechó la mano a Kimbur y dijo que no le guardaba rencor por haberle puesto un ojo morado. «Pero la próxima vez será diferente», aseguró. En cuanto a Melania, se la veía contenta de volver a ser la malvada oficial de Kalanúm, y hasta estuvo charlando un rato con el viejo Arfagacto (quien, por cierto, con la barba postiza que le habían buscado, ya no se parecía tanto al señor Bolardos).

Y llegó el momento de la despedida. Cronarca hizo un esfuerzo supremo y nos transportó con su magia al mirador de Pamira, aquel nido de águilas en el que yo había aparecido por primera vez en Kalanúm. Después de mi experiencia colgado del brazo de Keio, le había cogido aún más alergia a las alturas, pero había que reconocer que la vista era magnífica. Los Héroes me estrecharon la mano, uno por uno, y después bajaron la larga escalera: Petrazio, Kimbur, Cronarca, Áblopos...

«Adiós, viejos amigos», pensé.

Sileya se quedó con nosotros un momento más.

—Espero que os sepáis cuidar –nos dijo, apun-

tándonos con su varita–. Dos hombres solos...
Malo, malo.

—No te preocupes, Sileya: nos las arreglaremos bien –respondió mi padre, y luego añadió–: Al final te saliste con la tuya: me has hecho venir a Kalanúm.

—Ya sabes que siempre consigo lo que quiero.

Nos quedamos mirándonos los tres. Todos teníamos ganas de decir algo más, pero no nos atrevíamos.

Por fin, ella me besó en la frente y me dijo: «Suerte, Carlos». Luego se acercó a mi padre, le dio un rápido beso en los labios, apenas un roce, y se marchó a toda prisa.

Nos quedamos solos, mi padre y yo, ante un mundo sin horizonte, casi infinito. Abrí los brazos, como si quisiera abarcarlo entero, y exclamé:

—¡Qué bien! ¡Ahora volverás a hacer novelas de Kalanúm!

—Te equivocas, Carlos. No pienso escribir una sola línea más sobre este mundo.

Me le quedé mirando con los ojos como platos.

—Pero ¿por qué? Después de todo lo que ha pasado...

Él se encogió de hombros.

—Kalanúm ya no me necesita, Carlos. Y Keio, menos aún. Quiero escribir cosas nuevas, diferentes. Quién sabe, tal vez los mundos que cree a partir de ahora también se harán realidad. Tal vez los mundos que crean todos los escritores llegan a ser reales, ¿no te parece?

—No lo sé, papá. No se estudia filosofía hasta bachillerato.

Mi padre se rió y me revolvió el flequillo, porque sabía que me daba mucha rabia.

—Creo que, aparte de esa condecoración que te han puesto, te mereces otro premio, Carlos. Y lo vas a tener –me señaló todo lo que veía–. Kalanúm es tuyo.

—¿Cómo? ¿Qué quieres decir?

—Que tus amigos podrán seguir leyendo relatos sobre Kalanúm..., pero ahora tendrás que inventártelos tú. Así que tendrás que aprender a escribir. ¿Qué te parece?

Me quedé sin saber qué decir. Nunca había pensado en ser escritor. Mientras intentaba hacerme a la idea, mi padre me puso la mano en el hombro y cantó:

—*Mi imaginación puede volar / con las mismas alas que la realidad. / Mi imaginación sabe cantar / y abre la frontera...*

La *Canción de la Frontera*, el conjuro que había creado años atrás en el mundo privado que compartía con mi madre, que debía servirles para cruzar el límite entre la fantasía y la realidad... y que, para su propia sorpresa, había demostrado tener auténtico poder.

Una bruma blanca nos rodeó. Traté de grabar en mi mente las últimas imágenes de Kalanúm.

A partir de ahora me tocaría inventarlas a mí.

*   *   *

Y ahora sí que mi relato llega a su final. Han pasado seis meses de aquello, con unas vacaciones de por medio, y las cosas han cambiado mucho. Mi padre ha dejado la editorial Orbe y no lo ha hecho precisamente por las buenas. Su jefe, Camargo, insiste en que los derechos sobre Keio le pertenecen a la editorial y que, con mi padre o sin él, van a seguir escribiendo sus historias. Mi padre lo ha prohibido terminantemente y ha contratado un abogado, así que Orbe no puede publicar nada sobre Keio hasta que el juez tome una decisión. Por ahora, los habitantes de Kalanúm pueden respirar tranquilos. Luego, ya veremos.

Mi padre se ha asociado con el señor Bolardos y con su secretaria Helena, y junto con otros socios han fundado una pequeña editorial independiente. Mientras termina su primera novela de esta nueva etapa como escritor, hemos vendido el chalé y los dos coches y hemos vuelto a Moratalaz, a un piso mucho más barato. El despacho de mi padre es ahora más pequeño, aunque se ha quedado con la mesa de caoba y también con la pantalla TFT; además, ha colgado encima de ella el reloj de plata con la foto de mi madre, para no olvidar nunca más qué es lo que tiene y, sobre todo, qué es lo que *no* tiene que escribir.

Yo he dejado el Liceo, me he matriculado en un instituto público y he vuelto a hacer kárate. Estoy en la misma clase que el Rana, como en primaria, y de nuevo volvemos a casa dando patadas a las latas; pero ahora no le puedo sacar los *donuts* a costa de las novelas de Kalanúm, porque mi padre ha dejado de escribirlas. Así que no tendré más remedio que hacerlo yo mismo. Ya sé que soy un poco joven aún, pero de momento os he contado el relato de todo aquello que nos pasó a mi padre y a mí, y aunque él me haya ayudado bastante, espero que me haya servido de práctica.

Me gustaría saber qué estarán haciendo en este momento Petrazio, Kimbur, Cronarca y Áblopos. Pero me parece que esa pregunta la tendré que responder yo.